KB114159

변혁
1990

천지무천 장편소설

37

[1부 완결]

FUSION FANTASTIC STORY

변혁 1990 37권

천지무천 장편 소설

초판 1쇄 찍은 날 § 2018년 11월 8일
초판 1쇄 펴낸 날 § 2018년 11월 15일

지은이 § 천지무천
펴낸이 § 서경석

편집책임 § 김경민

펴낸곳 § 도서출판 청어람
등록번호 § 제1081-1-89호
등록일자 § 1999. 5. 31
어람번호 § 제1-2971호

주소 § 경기도 부천시 부일로 483번길 40 서경B/D 3F (우) 14640
전화 § 032-656-4452 팩스 § 032-656-4453
http://www.chungeoram.com
E-mail § chungeorambook@daum.net

ⓒ 천지무천, 2013

ISBN 979-11-04-91865-0 04810
ISBN 978-89-251-3388-1 (세트)

변혁 1990

천지무천 장편소설

FUSION FANTASTIC STORY

37

[1부 완결]

CONTENTS

Chapter 1	7
Chapter 2	37
Chapter 3	65
Chapter 4	81
Chapter 5	95
Chapter 6	109
Chapter 7	137
Chapter 8	163
Chapter 9	177
Chapter 10	193
Chapter 11	219
Chapter 12	235
Chapter 13	249
Chapter 14	279

Chapter 1

　이라크의 차기 지도자인 쿠사이 후세인이 직접 영접하러 나왔다는 것은 사담 후세인이 나를 어떻게 생각하고 있는 지에 대한 방증이었다.

　이라크의 경제가 나락으로 떨어지고 있는 지금 후세인 대통령은 여러 나라와 기업에게 손을 내밀었지만, 그의 손을 잡은 것은 나뿐이었다.

　'쿠사이는 5년 후에 형과 함께 죽음을 맞이했었지……'

　나에게 웃으면서 손을 내미는 쿠사이를 보며 미래의 그

의 죽음이 떠올랐다.

이라크를 침공한 미군을 피해 다니던 쿠사이와 우다이는 친척 집에 피신하다, 그들의 몸에 걸린 현상금을 노린 친척의 배신으로 쿠사이의 아들 무스타파까지 체포 과정에서 사살되었다.

"이렇게 먼 길을 직접 나와주시니 감사합니다."

"하하하! 당연히 마중을 나와야지요. 험한 길을 마다치 않고 찾아주신 분은 회장님뿐이니까요. 초청을 받아주셔서 진심으로 감사드립니다."

후세인의 큰 키를 물려받은 쿠사이는 이라크 정보부와 보안기관을 이끌며 사담 후세인의 경호를 책임지고 있었다.

"하하하! 그런가요. 원하는 것을 얻기 위해서는 모험이 필요할 때도 있습니다."

밝은 표정으로 말하는 쿠사이의 손을 마주 잡았다. 그의 손에는 힘찬 기운이 느껴졌다.

"맞는 말씀이십니다. 회장님은 이라크에서 원하는 것을 얻어 가실 것입니다."

"저도 그러기 위해 이라크에 왔습니다."

쿠사이와 잠시 이야기를 나눈 후에 다시금 준비된 헬기를 타고 수도인 바그다드를 향해 움직였다.

미군의 감시를 피하고자 이라크의 주요 도시에서는 헬리콥터들이 동시에 비행했다.

바그다드에 도착한 시간은 이른 아침이었다.

우리의 숙소는 티그리스강이 훤하게 보이는 대통령궁 별궁이었다.

사담 후세인 대통령이 숙소로 이용하는 대통령궁 본궁에서 얼마 떨어지지 않은 곳이다.

이라크 중심가의 자리 잡은 라시드호텔을 이용하려 했지만, 후세인이 별궁을 이용해 주길 원했다.

야자수들이 사방을 둘러싸고 있는 대통령궁 별궁은 알시주드 대통령궁과 함께 집무실로 사용하고 있었다.

사담 후세인은 이러한 대통령궁을 이라크 전역에 72개나 만들었다.

"으리으리하네요."

별궁에 들어서는 김만철 비서실장의 말이었다.

잘 가꾸어진 정원수와 분수, 그리고 커다란 수영장이 눈에 들어왔다.

"이게 다 이라크 국민에게 석유를 판매한 부를 나누지 않은 덕분입니다. 20만이 넘는 인구를 가진 다후크에 변변한 건물 하나 없다는 것을 보면 답이 나옵니다."

터키 국경에서 얼마 떨어지지 않은 다후크는 한국의 70년대 지방 도시를 연상시켰다.

이라크의 경제를 지탱하는 원유 판매의 이익이 모두 후세인과 그를 따르는 바트당 인물들에게 집중되어 있었다.

"독재는 언제나 부패를 불러오는 것 같습니다."

티토브 정은 샹들리에와 화려한 대리석으로 장식된 내부를 바라보며 말했다.

"후세인이 내 이야기를 귀담아듣는다면 그를 비롯한 가족들의 비참한 최후를 피할 것입니다. 자, 후세인을 만나기 전까지 좀 쉬도록 하지요."

새벽까지 이동하느라 잠을 제대로 자지 못했다.

이라크를 집중적으로 감시하는 미국은 계속해서 사담 후세인을 압박하고 있었다.

*　　　*　　　*

흑천의 호법인 백천결은 홍무영 장로를 쫓아 홍콩에 도착했다.

홍무영 장로를 수행하던 척살단원의 입을 통해서 그가 홍콩으로 출국했다는 것을 알게 되었다.

핵심 인물들이 사라진 흑천의 잔존 세력은 미지의 인물에게 하나둘 제거되고 있었다.

여기에 안전기획부와 경찰의 추격까지 더해지자 조직은 완전히 붕괴되고 말았다.

남은 인물들은 백야의 인물들처럼 살기 위해서 산속으로 몸을 숨겼다.

"후! 여기까지 오게 될 줄이야."

홍콩의 야경을 바라보는 백천결은 자신도 모르게 한숨을 내쉬었다.

복수를 위해 홍무영 장로를 쫓고 있었지만, 이것이 진정 올바른 일인가 하는 생각이 들었다.

지금껏 흑천이 걸어온 길에 대한 하늘의 벌이 내린 것 같다는 생각마저 들었다.

"부질없는 생각을 지우자. 지금은 홍 장로를 쫓는 것이 우선이니……."

수련을 위해서 술을 입에도 대지 않았던 백천결은 어느 순간부터 술을 마시기 시작했다.

홍콩으로 건넌 이후부터 흑천의 인물들과 연락이 모두 끊기고 말았다.

선술집에서 술을 마시고 숙소로 돌아갈 때였다.

캬악!

날카로운 여자의 비명 소리가 들려왔다.

백천결은 본능적으로 소리가 들린 쪽으로 빠르게 몸을 날렸다.

담을 훌쩍 뛰어넘으며 도착한 곳에는 두 명의 사내가 한 여자를 상대로 희롱을 하고 있었다.

얼핏 20대로 보이는 젊은 여자는 자신의 가방을 끌어안으며 공포에 질린 표정이었다.

"이봐! 무슨 짓이야?"

백천결은 순간 한국어와 영어가 동시에 튀어나왔다.

"신경 끄고 가던 길이나 가."

여자를 희롱하던 사내가 일부러 칼을 내보이며 말했다.

"한국분이세요? 저 좀 도와주세요."

여자는 백천결의 등장에 울먹이며 말했다.

불빛에 비친 여인의 얼굴은 무척이나 뛰어난 미모를 지니고 있었다.

"걱정하지 마십시오."

백천결은 두 사내에게 둘러싸인 여자가 한국인이라는 사실에 더욱 분노했다.

이국땅에서 한국인이 낭패를 당하는 것을 그냥 지나칠

수는 없는 노릇이다. 더구나 연약한 여인이면 더욱 그랬다.

"꼭 피를 보게 하는군."

천천히 여자가 있는 곳으로 다가가는 백천결에게 두 사내는 칼을 겨누며 말했다.

"이대로 그냥 가면 네 말대로 피를 보지 않아."

"으하하! 꼴에 남자라고. 영화에서처럼 영웅이 되고 싶은가 보지? 하지만 현실은 달라."

노란색 티셔츠를 입은 사내는 말을 마치자마자 칼을 휘두르며 그대로 백천결에게 달려들었다.

빠른 동작이었고 군더더기가 없었다. 싸움을 많이 해본 솜씨였다.

퍽!

털썩!

하지만 노란 셔츠는 원하는 결과를 만들어내지 못했다.

짧은 타격음과 함께 노란 셔츠는 그대로 바닥에 쓰러졌다.

동료의 모습에 칼을 들고 있는 또 다른 사내는 당황했다. 백천결은 전혀 움직임이 없어 보였는데 동료가 쓰러진 것이다.

"뭐냐? 어떻게 한 거야?"

검은 셔츠의 사내는 당황한 듯 다가오는 백천결에게 질

문을 던졌다.

"그건 네 동료에게 물어봐."

백천결의 말이 끝나자마자 그의 몸이 자석에 이끌리듯이 저절로 앞으로 당겨지는 것처럼 보였다.

"어!"

퍽!

놀란 사내의 목소리와 동시에 타격음이 들렸다.

쨍그랑!

털썩!

칼이 바닥에 떨어지는 소리와 함께 사내의 몸이 모래성처럼 허물어졌다.

백천결이 어떤 식으로 타격을 했는지 당한 사내조차 알지 못했다.

"괜찮으십니까?"

백천결은 쓰러진 사내들을 뒤로한 채 그들에게 희롱당한 여자에게로 다가갔다.

"정말 고맙습니다. 저 사람들은 죽은 건 아니겠죠?"

백천결에게 감사의 인사를 건넨 여자는 땅바닥에 누워 아무런 움직임이 없는 사내들을 가리키며 물었다.

'무척 아름다운 여자군. 그래서 봉변을 당한 것인가?'

"예, 잠시 기절한 것뿐입니다."

백천결의 눈에 비친 여자는 지금껏 봐왔던 어떤 여자보다 아름다운 모습을 지니고 있었다.

"다행이네요. 저를 괴롭히긴 했지만, 사람이 죽으면 안 되잖아요."

밝은 미소로 말하는 여인은 다름 아닌 행방불명된 송예인이었다.

*   *   *

새벽까지 이어진 강행군으로 이라크 방문 첫날은 공식적인 행사를 갖지 않았다.

오후까지 밀어둔 잠을 청했다.

피곤해서일까? 침대에 눕자마자 잠에 빠져들었다. 그리고 꿈속에서 예인이를 보았다.

꿈속의 예인이는 죽은 사람처럼 얼굴에 아무런 표정이 없었다.

기쁨도 슬픔도 느끼지 못하는 사람같이 날 바라보는 눈빛에도 인형처럼 전혀 감정이 들어 있지 않았다.

마치 나를 처음 보는 사람처럼 차갑게 느껴지기까지 했다.

예인이에게 어떻게든 말을 붙여보려고 노력했지만, 꿈속

의 나는 벙어리가 된 것처럼 목소리가 나오지 않았다.

나를 외면하듯이 사라져 가는 예인이를 쫓다가 잠에서
깼다.

"후! 무슨 일이 생긴 건가?"

잠에서 깨자마자 절로 한숨이 나왔다.

에어컨을 틀어놓은 방이었는데도 이마와 등에서 나온 끈
적끈적한 식은땀이 옷을 젖게 만들었다.

태백산에서 행방을 감춘 이후 예인이의 모습은 어디에서
도 볼 수가 없었다.

국내 정보팀에 전담팀까지 두면서 행방을 찾았지만 아직
까지 아무런 소득이 없었다.

"예인이가 꿈에서처럼 나를 알아보지 못한다면……."

생각조차 하기 싫은 생각이 자꾸만 머릿속을 헤집어놓았
다.

예인이는 해리성 인격장애(다중인격장애) 판정을 받은 상
황에서 치료를 받지 못했다.

시간이 지날수록 착하고 마음 여린 예인이의 본모습이
사라지고 폭력적인 다른 인격이 예인이를 차지할 수도 있
다는 것이 문제였다.

하루라도 빨리 예인이를 찾아 치료를 해야만 하는 상황

에서 예인이가 안개처럼 사라진 것이다.

　석양의 빛이 막 사라지려고 할 때쯤 이라크 공보장관인 아메드가 아무런 연락도 없이 별궁으로 찾아왔다.

　"이라크를 방문하신 것을 환영합니다. 후세인 대통령님께서 회장님을 기다리고 계십니다."

　아메드 공보장관은 후세인의 최측근으로서 이라크의 입으로 통했다.

　그는 후세인 대통령의 의중을 파악해 대내외로 UN, 미국 등과 설전을 벌이고 있었다.

　"어디로 가는 것입니까? 대통령께서 머무시는 거처가 여러 개라고 들었습니다."

　미국의 위협과 공습으로 인해서 후세인 대통령은 매일 거처를 바꾸고 있었다.

　후세인이 머무는 장소는 최측근들만 공유했다.

　"하하하! 잘 알고 계시는군요. 미국이 자기들 뜻대로 움직이지 않는다고 한 나라의 주권과 지도자를 아주 우습게 생각하고 있습니다. 후세인 대통령께서는 대통령궁 본궁에서 회장님과 만찬을 나눌 예정입니다. 준비하실 때까지 기다리고 있겠습니다."

　예정에 없던 만찬이었다.

"알겠습니다. 잠시만 기다려 주십시오."

정장을 갖춰 입고서 준비된 차량에 올라탔다.

35명의 경호원들이 일사불란하게 움직이며 경호 차량에 함께 탑승했다.

이라크에 함께 들어온 경호원은 50명이었다.

적지도, 그렇다고 많지도 않은 경호원을 대동한 것은 미국의 감시 때문이었다.

경호원들의 이라크 입국은 두 차례 나누어져서 이루어졌다.

대령궁 본궁에는 대통령궁이라는 표시가 없었다.

하지만 이곳이 대통령궁이라는 것을 한눈에 알 수 있도록 대통령궁 옥상에는 광화문 이순신 장군 동상보다 큰 후세인 대통령의 대형 흉상이 4개나 세워져 있었다.

더구나 대통령궁 본궁에 붙어 있는 현판에는 '30개국의 군대가 침입했지만 사담 후세인을 건드리지는 못했다' 라는 글자가 새겨져 있었다.

이 현판은 91년 걸프전 후 후세인 대통령이 자신의 건재를 과시하기 위해 세운 것이다.

입구부터 무장한 군인들과 경호대가 지키는 대통령궁 본

궁은 입구에서 본관까지 걸어서 가려면 30분이 걸릴 정도로 큰 규모를 자랑했다.

본관까지 가는 도중에 화려한 건물들이 여러 채 보였고, 그 중간에는 사담병원이라는 이름의 대통령 전용 병원도 자리하고 있었다.

후세인 대통령의 집무실이 있는 본관 옆으로는 50m 높이의 부속 건물이 자리를 잡고 있었다.

이곳에는 대통령 비서실과 경호실이 자리했다.

"어서 오십시오. 대통령님께서 기다리고 계십니다."

본관 입구에서 대통령 비서실장인 쿠다예르가 나를 마중했다.

그의 안내로 본관 1층에 들어서자 농구장 여섯 개를 이어 붙인 크기의 거대한 응접실과 함께 오페라 공연을 펼쳐도 될 만한 대형 연회장이 눈에 들어왔다.

본궁의 내부는 별궁보다 크기와 웅장함이 더했다.

거대한 기둥들 사이에 있는 응접실로 쿠다예르 대통령 비서실장은 나를 안내했다.

"잠시만 기다려 주시면 대통령님께서 오실 것입니다."

사담 후세인 대통령은 관리들과 회의를 가진 후 잠시 휴식을 취하고 있었다.

"알겠습니다."

"정말 왕처럼 살고 있네요."

쿠다에르가 응접실을 나가자 함께 자리한 김만철 경호실장이 입을 열었다.

"후세인은 이라크의 왕입니다. 자신이 하고 싶은 대로 모든 걸 해오고 있으니까요."

"그런 인물이 회장님의 이야기를 귀담아들을까요?"

루슬란 비서실장의 말이었다.

"듣지 않는다면 그의 운명은 물론 가족들까지 몰락의 길을 걸어갑니다."

나는 일부러 더욱 크게 말했다.

지금 응접실에서 나누는 이야기를 모두 감청하고 있다는 것을 알기 때문이다.

그때였다.

덜컹!

응접실에 문이 열리며 3,700년 전 바빌로니아 왕국을 세웠던 함무라비 대왕의 후계자를 자처해 온 사담 후세인 대통령이 거만한 표정으로 들어오고 있었다.

*　　　*　　　*

언론에서는 사담 후세인을 광인 혹은 독재자로, 그리고 이라크 국민들의 자유를 억압하며 석유로 벌어들인 돈을 자신과 측근들만을 위해 사용한다고 말했다.

하지만 후세인은 부통령 시절부터 시작한 문맹 퇴치와 이라크 고속도로 건설, 통신망 구축, 전력 사업, 여성의 사회 참여 강화, 의무교육 확대, 과학기술 발전 사업과 함께 사막화되어 가던 이라크 국토를 다시 메소포타미아 시대의 옥토로 부활시키는 거대 프로젝트를 진행했다.

더구나 이라크 인구의 65%를 차지하는 시아파와 쿠르드족에 사회간접자본 우선 보급을 통한 이라크 통합 정책 등을 진행했다.

이러한 정책은 서방 세계에 매우 긍정적인 인상을 주었고, 이라크에 대한 시각을 바꾸는 계기가 되었다.

특히 의무교육과 문맹 퇴치 운동으로 2백만 명의 이라크인들이 문맹 퇴치 프로그램의 모든 과정을 마쳤고, 아랍에서 문맹률이 최저인 국가가 되었다.

한편으로 공공과 민간 두 부문의 요구에 대처하기 위해 후세인은 직업학교를 비롯한 많은 학교를 세웠다.

더불어서 많은 인원을 유럽이나 미국으로 보내는 교육 지원도 아끼지 않았다.

병원과 진료소의 건설도 이라크 전역에서 진행되었다.

더구나 후세인은 인구 증가 정책에 착수하여 자녀를 낳는 부모들에게는 태아 한 명당 2천5백 달러의 정부 보조금을 지급했다.

그는 이러한 성공적인 정책을 진행하기도 했지만, 정적과 자신을 반대하는 세력을 제압하기 위해 수많은 정치인과 관료들을 서슴없이 처형하고 옥에 가두었다.

이로 인해 유능한 관료와 정치인은 물론이고 이라크의 지식인, 의사, 과학자, 기술자, 학자들이 필요한 자리에서 사라졌고, 일부는 이라크를 떠나 미국이 이라크를 침공하는 데 결정적인 역할을 했다.

"하하하! 위대한 나라에 오신 걸 환영합니다."

밝은 미소로 사담 후세인은 날 반겼다.

"반갑게 맞아주셔서 감사합니다."

"쉽지 않은 길을 통해 오신 걸 보면 표도르 강 회장님의 배짱이 보통이 아닌 것 같습니다."

후세인의 말처럼 어려운 길이었다. 코사크와 러시아연방 보안국(FSB)의 도움 없이는 가능한 일이 아니었다.

"하하하! 어려움이 있어야 큰 열매를 맺지 않겠습니까?"

"하하하! 맞는 말씀입니다. 역경 없이는 큰 과업을 이루어내지 못하는 것처럼 말입니다. 오늘 이야기가 잘 통할 것 같습니다."

후세인은 내 말에 흡족한 표정으로 웃음을 토해냈다.

"이쪽은 룩오일NY의 루슬란 비서실장입니다. 여기는 룩오일NY Inc의 니콜라이……."

회의에 참석한 인물들을 하나하나 후세인 대통령에게 소개했다.

회의는 이라크의 날씨 이야기에서 시작되어 석유 수출에 대한 이야기로 이어졌다.

"미국 놈들과 쿠웨이트, 그리고 사우디아라비아가 한통속이 되어 이라크가 누려야 하는 부를 철저하게 빼앗아가고 있습니다. 더구나 쿠웨이트는 미국의 앞잡이가 되어 이라크를 처절하게 망쳐놓으려는 수작을 멈추지 않고 있다는 것이 문제입니다."

후세인은 연설하듯이 목에 힘을 주어 말했다.

이라크는 한때 GDP가 전 세계 10위 안에 들었었다.

1980년대에 국민 소득이 일 인당 5,500달러가 될 정도로 경제 사정이 좋았고 교육, 의료는 국가 지원으로 무료로 이용했다.

학교를 졸업한 청년들의 일자리가 넘쳐났고, 주거시설도 거의 무료였다. 더구나 결혼하게 되면 후세인 대통령에게 격려금까지 받았다.

하지만 걸프전 이후 그러한 상황이 조금씩 달라져 가고 있었다.

"사실 모두가 석유를 통한 이권과 부를 차지하기 위해서지요."

"석유는 신이 주신 선물이요. 미국이 우리의 석유를 차지하도록 보고만 있지 않을 것입니다."

후세인은 쿠웨이트에 대한 미련을 버리지 못하는 것 같았다.

쿠웨이트에 묻혀 있는 원유 또한 이라크의 것이라는 주장을 이야기를 나누는 동안 여러 번 반복했다.

"현재 이라크의 상태로 미국과의 대결은 달걀로 바위를 치는 꼴입니다."

"강 회장께서 뭘 모르시고 하는 말인 것 같습니다. 이라크의 공화국수비대의 실전 경험을 미국은 따라올 수 없습니다."

후세인은 자신을 따르는 공화국수비대에 대한 자부심이 강했다.

"미국과의 전쟁에서 실전 경험은 중요하지 않습니다. 미군의 전투는 병사들이 총을 들고 싸우는 것이 아니기 때문입니다. 2차세계대전이라면 공화국수비대의 역할이 크게 작용했을 것입니다. 하지만 수백 수천 킬로미터에서 날아오는 미사일들이 정확하게 대통령궁을 때리고 국방청사와 군부대의 주요 시설들을 타격하는 전쟁입니다. 다시금 전쟁이 벌어지면 걸프전 때보다 더 정밀하고 파괴력이 뛰어난 무기들이 동원될 것입니다. 지금도 이라크 국경을 넘어 폭격하는 미국 전투기에 대해 이라크군은 아무런 대항을 하지 못하고 있지 않습니까?"

내 말에 후세인 대통령의 표정이 확 달라지는 것이 보였다.

국회에서 연설 도중 오해를 산 국회의원을 총으로 쏴 죽이기도 했던 후세인은 무자비하고 권위적인 독재자의 모습을 갖추고 있었다.

"이라크의 군대는 알라가 함께하시는 강한 군대입니다. 미국과 다시 전쟁이 일어난다면 폭탄을 몸에 두르고서라도 이 나라와 나를 지킬 것이오."

"하하하! 현실을 바로 보지 못하고 만화 속 이야기를 하시는군요."

난 후세인의 말에 크게 웃으며 그를 도발하는 말을 했다.

탁!

"뭐라고? 지금 나를 능멸하는 것이오?"

회의 탁자를 내려친 후세인은 화가 났는지 자리에서 벌떡 일어났다.

"능멸하는 것이 아닙니다. 현실을 정확하게 말씀드리는 것입니다. 미국이 이라크를 침공하면 채 한 달도 되지 않아서 이라크는 미국에 항복하게 될 것입니다."

실제로 2003년 3월 20일부터 4월 14일까지 미국과 영국 등 연합군은 26일 만에 이라크 전쟁을 끝냈다.

"그걸 말이라고 해! 이라크는 그렇게 호락호락하지 않아!"

화가 난 후세인은 나를 노려보며 큰 소리로 말했다.

"전쟁은 말로 하는 것이 아닙니다. 더구나 유능한 지휘관들이 사라진 지금의 이라크군은 오합지졸일 뿐입니다."

후세인 대통령은 쿠데타를 우려해 유능한 군부 지휘관들을 숙청하거나 별다른 이유 없이 감옥에 가두었다.

그 자리를 자신에게 충성하는 바트당의 인물들과 친인척으로 채웠다.

"나를 놀리려고 이라크에 온 것이오? 그럴 의도라면 당장 떠나시오!"

후세인은 회의장을 떠나가듯이 소리쳤다.

내가 이라크인이었다면 당장에라도 총으로 쏴 죽일 태세였다.

"아닙니다. 저 또한 이라크가 다시금 힘을 되찾아 미국이나 영국 등의 국가에 휘둘리지 않길 바라는 마음에서 이곳을 찾았습니다. 그렇기 위해서는 현실을 정확히 바라봐야 합니다. 지금 이라크에는 대통령님을 위해 쓴소리를 하는 인물을 찾아볼 수 없습니다."

내 말이 끝나자 흥분한 후세인은 다시금 의자에 앉았다.

"그럼 한마디만 묻겠소. 나와 우리 가족들이 몰락한다는 말은 무슨 뜻이오?"

생각했던 대로 응접실은 도청당하고 있었다.

그는 응접실에 들어오기 전 했던 말을 정확하게 알고서 질문을 던진 것이다.

"좋습니다, 말씀드리지요. 한 가지, 제 말을 믿고 안 믿고 는 대통령님의 의중에 달린 것입니다. 하지만 제 말을 허황된 말로 치부하신다면 나중에 크게 후회하실 것입니다."

"이라크를 위하는 일이라면 경청해서 듣겠소."

후세인을 격동시킨 이유는 내 말에 집중시키기 위해서였다.

"이라크는 앞으로 5년 안에 미국과 영국이 주축이 된 연합군에 침공을 받을 것입니다. 그때 앞서 말한 것처럼 이라크는 한 달도 되지 않아 연합군에 의해 점령당하고 맙니다."

"잠깐! 지금 무슨 이야기를 하시는 것이오? 미국이 이라크를 아무런 이유 없이 침공한다는 말이오?"

"이유는 만들어내면 됩니다. 미국은 그걸 가능하게 하는 나라라는 것을 대통령께서도 잘 알고 계시지 않습니까?"

"음, 그래서 어떻게 된단 말입니까?"

후세인의 말투가 달라졌다.

"…대통령께서는 미군에 체포되고 두 아드님 또한 좋지 않은 결말을 맞이할 것입니다. 미국과 영국은 이라크에 친미정부를 세우고……."

미래에서 온 사람처럼 이라크 전쟁이 발생하게 되는 상황을 자세히 말해주었다.

황당한 이야기처럼 들릴 수 있는 말들을 후세인 대통령은 끊지 않고 끝까지 들었다.

"으음! 정말 미래에 일어날 일처럼 이야기를 잘하십니다. 하지만 이라크는 그러한 과정을 맞이하지 않을 것입니다. 그 이유는 내가 이라크를 다스리고 있기 때문입니다."

이성적인 판단을 하길 바라는 마음에서 미래의 일들을 서슴없이 말해주었다.

하지만 후세인은 자신을 이라크의 전부로 생각하고 있었다.

'음, 예상은 했지만, 이 정도로 막힌 인물일 줄이야. 결국, 고여 있는 물은 썩을 뿐인가?'

"대통령께서 훌륭하시다는 것은 잘 알고 있습니다. 하지

만 지금의 이 시기에 올바른 판단을 하지 않는다면 이라크
는 물론 대통령께서도 불행해지실 것입니다."

후세인이 마음의 돌리고 싶었다.

웨스트와 이스트의 세력이 주도하는 이라크 침공을 막고
싶었다.

"그만, 사업을 하러 왔으면 사업에 관한 이야기만 하시
오. 더는 이 자리에서 들어줄 만한 말이 아닙니다. 오늘은
피곤하니 다음에 봅시다."

후세인은 불쾌한 표정으로 말을 하며 자리에서 일어났
다.

만찬이 있을 거라는 아메드 공보장관의 말을 무색하게
만드는 일이었다.

그 자리에서 후세인의 행동을 제지하거나 조언할 수 있
는 이라크 관리는 없었다.

＊　　　＊　　　＊

기대했던 것과 달리 사담 후세인과의 첫 만남은 별 소득
이 없었다.

후세인은 이라크 전쟁에서 패배한 후 체포되어 재판 후
교수형에 처해졌다.

그는 교수대에서 죽기 전 마지막으로 '내가 없는 이라크는 아무것도 아니다' 라고 말했다.

그의 말처럼 그가 죽고 난 후 치안이 잘 잡혀 있던 이라크는 테러와 폭력으로 얼룩지고 말았다.

이라크를 벗어나지 않는 한 그 어디도 안전하지 않게 된 것이다.

경제는 더욱 피폐해져 국민들은 직장을 구할 수 없을 정도 변했고, 인당 GDP가 거꾸로 밑에서 20번째인 국가로 추락했다.

이후 이라크는 경제난과 계속된 국력 분열로 ISIL(이슬람국가)를 탄생하게 하는 전초를 제공한다.

"오랜 독재자로의 생활이 후세인의 눈과 귀를 가린 것 같습니다."

함께 자리했던 루슬란 비서실장의 말이었다.

"안타까운 일이지. 고립된 이라크가 할 수 있는 일이 제한적일 뿐이야. 변화가 없는 이라크를 우리 또한 도울 필요가 없어. 후세인의 마음이 언제 바뀔지 모르니까 말이야."

룩오일NY의 투자를 바라는 후세인이었지만 그의 행동이 바뀌지 않는다면 미국은 결국 이라크를 침공할 것이다.

그렇게 된다면 룩오일NY가 원하는 투자의 결과를 얻을

수 없게 된다.

더구나 후세인이 계약을 어기고 군대를 동원해 투자된 파이프라인을 점령한다면 막을 방법이 없었다.

그의 현재 모습이라면 충분히 가능한 일이었다.

"그럼, 이라크에 대한 투자는 다시 고려해야 하는 것입니까?"

"아쉽지만 현재 상태로는 위험부담이 너무 클 테니까."

이라크의 석유를 유럽으로 보낼 수 있는 파이프라인 공사는 물론 원유 탐사에도 상당한 자금이 들어간다.

투자된 자금이 회수되기까지 적어도 4~5년은 기다려 하는 상황에서 이라크 전쟁이 치명타가 될 수 있었다.

아쉬움은 컸지만, 이라크 전쟁에 참여할 수는 없었다.

*　　　　*　　　　*

자정이 지날 무렵 뜻밖에도 후세인의 차남인 쿠사이 후세인이 날 찾아왔다.

개인 비서이자 경호원 한 명만을 대동한 채였다.

"아버지와 나누었던 이야기를 들었습니다. 회장님께서 말씀하신 것이 모두 사실대로 일어나는 것입니까?"

질문하는 그의 표정은 무척이나 진지했다.

이라크정보부 수장인 쿠사이는 응접실에 설치된 도청기로 나와 후세인과의 이야기를 모두 들었다.

"미래는 누구도 알 수 없지만, 어느 정도 예측은 할 수 있습니다. 그리고 저는 코사크 정보센터와 FSB를 통하여 고급 정보들을 접하고 있습니다. 이라크는 이대로 가다가는 반드시 미국과 영국의 침공을 받을 것입니다."

"음, 미국이 그렇게까지 나온다는 것이 믿기지 않습니다."

쿠사이는 내 말에 갈등하듯이 말했다. 그는 위기의 이라크를 변화시키고 싶은 인물이었다.

"미국이 현재 가장 골칫거리로 생각하는 나라가 세 곳 있습니다. 그 세 나라가 어디인지 아십니까?"

"우리나라와 이란을 말하는 것 같군요. 하나는 어디인지 모르겠습니다."

"북한입니다. 북한은 현재 미국과 외교 수립 협상을 벌이고 있습니다. 하지만 북한이 가지고 있는 핵을 문제 삼아 시간을 끌고 있습니다. 이미 북한은 핵을 소유하지 않겠다고 선언했는데도 말입니다. 사실 북한은 미국에 있어 크게 메리트가 없습니다."

현재 미국에 대항할 수 있는 나라는 없었다.

러시아에 뒤이어 미국과 경쟁하게 되는 중국도 지금은

자국의 경제 개발에 힘을 쏟을 뿐이었다.

"석유 때문입니까?"

"맞습니다. 북한은 사실 미국에 있어 득보다는 실이 더 많을 수도 있는 상황입니다. 종전협상에 이어 북한과 외교 관계가 성립되면 많은 원조를 제공해야 하는 나라입니다. 하지만 이라크와 이란은 다릅니다. 미국이 원하는 것을 가진 나라입니다. 더구나 두 나라 모두 미국에 대항하는 나라이기도 하지요. 만약 쿠사이 장관께서 미국의 대통령이라면 두 나라 중 어느 나라를 침공해야 미국의 피해를 적게 하고, 이익은 커지겠습니까?"

나의 말에 쿠사이의 표정이 확연히 달라지는 것이 보였다.

Chapter 2

　　쿠사이는 나와 밤을 새우다시피 하면서 이야기를 주고받았다.

　　이라크의 현실과 미래에 대해서 마음을 비우고 생각을 터놓았다.

　　이야기를 나누는 쿠사이는 사담 후세인이 젊은 시절에 보여준 영민함과 대범함을 갖추고 있었다.

　　올해 32살인 쿠사이는 진심으로 이라크를 아꼈고 변화가 필요하다는 것을 느꼈다.

"지금은 미국과의 대결이 아니라 바짝 엎드려 힘을 길러야 하는 시기입니다. 이라크의 국민들을 위해서도 말입니다."

"틀린 말씀이 아닙니다. 이라크는 미국과 대결할 힘이 없습니다."

쿠사이는 어느새 마음을 터놓은 친구처럼 허심탄회(虛心坦懷)하게 이야기했다.

"이집트와 시리아가 지금은 이라크의 편을 들고 있지만 언제든지 등을 돌릴 수 있습니다. 미국은 충분히 그렇게 만들 수 있습니다. 그 방법은……."

이라크를 침공하기 위해 미국은 이라크 침공 전 이라크와 관계가 깊은 나라들을 반후세인 전선에 서게끔 사전 작업을 펼쳤다.

국경을 맞대고 있는 터키에는 25억 달러의 차관 지원과 40억 달러 상당의 군사 장비를 지원했다.

이집트에는 1백억 달러의 부채 탕감과 20억 달러를 제공했고, 시리아에도 30억 달러를 지원했다.

"회장님께서는 어떻게 그 모든 것을 파악할 수 있으신 것입니까?"

"모든 것을 파악하지는 못합니다. 앞서 말씀드린 것처럼 남들이 알 수 없는 고급 정보를 접할 수 있습니다. 이를 통해 경쟁자들의 생각을 읽고 파악하는 능력이 조금 남다른 것뿐입니다."

미래에서 왔기 때문에 앞으로 벌어질 일을 알 수 있다고 말할 수는 없었다.

"그렇지 못했다면 지금의 나이에 세계적인 기업을 이끌지 못하셨겠죠. 오늘 정말 많은 것을 듣고 배웠습니다. 이라크가 나아갈 방향을 깊이 생각해 봐야겠습니다."

"생각은 깊게 하시고 결단은 빨라야 합니다. 시간을 우리의 편으로 만들려면 말입니다."

나는 쿠사이에게 결단을 요구했다.

"알겠습니다. 오늘 중으로 답변을 드리겠습니다."

쿠사이는 나의 말에 진중한 표정으로 답한 후 천천히 자리에서 일어났다.

그는 마음에 큰 짐을 진 채로 후세인이 있는 대통령궁으로 향했다.

"쿠사이가 움직여 줄까요?"

김만철 경호실장이 물었다.

"이라크는 이대로 가면 무너질 수밖에 없습니다. 쿠사이 또한 현재로는 답이 없다는 걸 잘 인지하고 있었습니다."

난 쿠사이에게 사담 후세인을 설득하라고 이야기했다. 설득할 수 없다면 이라크의 미래를 위해 직접 나서라고 말했다.

그 말은 곧 쿠데타였다.

이라크 정보부와 경찰을 지휘하고 있는 쿠사이는 충분히 그러한 능력이 있었다.

더구나 후세인과 장남인 우다이는 아버지의 성격을 빼닮아 잔혹했지만, 쿠사이는 온건한 성품으로 바트당과 군부의 지지가 두터웠다.

이라크 국민들도 쿠사이를 후세인의 후계자로 인정하고 있었다.

*　　　*　　　*

백천결은 숙소를 나서기 전 이전과 다르게 거울을 여러 번 쳐다보았다.

"후후! 우습군. 내가 이런 모습을 다 보이다니."

백천결은 거울의 비친 자신의 모습을 보며 멋쩍은 웃음을 지었다.

자신이 도움을 준 송예인과 점심을 먹기 위해 얼굴과 옷차림에 신경을 쓰는 모습이 이상하기까지 했다.

"그동안 남자라는 것을 잊고 있었었나."

숙소를 나서는 백천결은 왠지 모른 설렘이 자신을 움직

인다는 것이 놀라웠다.

점심 장소는 숙소에서 10분 거리에 있는 북경요리 전문점이었다.

고마움을 표하겠다는 예인이의 말에 몇 번을 거절했지만, 그녀의 해맑은 웃음에 네 번째는 거절할 수 없었다.

약속 장소인 중국 식당이 가까워지자 자신도 모르게 가슴이 뛰었다.

"후! 정말 뭐가 씌웠군."

나이 차가 십 년은 더 되어 보이는 여자에게 이런 감정이 든다는 것이 너무나 이상했다.

집에서 나와 이곳까지 오는 도중 몇 번을 되돌아갈까 하는 생각이 들었다.

"괜히 이곳까지 온 게 아닌지……."

백천결은 말을 끝마치지 못했다. 자신에게 힘차게 손을 흔드는 송예인의 모습을 본 것이다.

바람에 날리는 긴 머리에 하얀 원피스를 입은 송예인은 한마디로 천사와 같았다.

백천결은 자신도 모르는 사이 발걸음이 빨라지고 있었다.

"음식은 먼저 제가 시켰어요. 이 집이 북경오리로 유명하거든요."

"아, 예. 잘하셨습니다. 저도 먹어보고 싶은 요리였습니다."

백천결은 환한 모습의 예인이를 마주 보기가 힘들었다. 늦은 밤에 보았던 예인이와 지금은 너무 달라 보였다.

"그때는 정말 고마웠어요. 아저씨의 도움이 없었다면 이렇게 앉아 있지도 못할 거예요."

'후유! 정말 아름답구나. 내가 이러는 것도 이유가 있어……'

"아닙니다. 누구나 다 하는 일입니다."

"아니에요. 아저씨가 오시기 전에도 두 명이나 지나갔는데도 다들 모른 척하더라고요. 그리고 편하게 말 놓으세요. 저보다 나이가 많으시잖아요."

"아닙니다. 저는 이게 편합니다."

백천결은 완강히 거절 의사를 표했다.

"알겠어요. 한데, 홍콩에는 무슨 일로 오신 거예요?"

"누굴 좀 만나러 왔습니다."

"아직 만나지 못하셨어요?"

"예, 홍콩이 생각보다 넓어서 쉽게 찾질 못하겠네요."

"만나기로 약속하고 오신 게 아니신가 봐요?"

"예, 연락처를 알 수가 없어서 무작정 홍콩으로 건너왔습니다. 예인 씨는 무슨 일로 홍콩에 오셨습니까?"

"답답해서 여행을 왔어요. 좀 더 멀리 가려고 했는데, 홍콩밖에는 오지 못했네요."

"언제 오신 건가요?"

"오늘로 3일째예요. 며칠 더 머물다가 싱가포르나 태국으로 갈까 해요."

"혼자서 여행을 하시는 건가요?"

"친구가 있긴 한데, 아직 오지 않았어요. 내일쯤 홍콩에 오기로 했어요."

'남자 친구가 있었군. 하긴 이 정도의 미모면 없을 리가 없겠지…….'

"그렇군요. 여자 혼자서 여행하면 어제처럼 험한 일을 당할 수도 있습니다. 남자 친구가 오면 함께 다니시는 것이 좋습니다."

"남자 친구는 아니에요. 요새 친하게 된 여동생이에요."

"하하! 그런가요. 제가 알지도 못하고 잘못 말했네요."

백천결은 예인이의 말에 밝게 웃으며 말했다.

"아저씨는 혼자 오신 거예요?"

"혼자 왔습니다."

두 사람이 이야기를 나누는 모습을 반대편 건물에서 지켜보는 인물이 있었다.

그녀는 다름 아닌 흑천의 척살단에 속했던 화린이었다.

그런데 화린의 모습이 많이 달라져 있었다.

얼굴을 성형했는지 이전보다 오뚝해진 콧날과 진한 쌍커풀로 눈이 커 보였다. 더구나 남들보다 두드러졌던 사각 턱도 갸름해져 있었다.

그 때문인지 화장까지 하자 옛 모습이 사라져 화린의 모습을 알아보기 힘들었다.

"정말 호법까지 죽이려는 건가?"

화린은 정겹게 대화를 나누는 두 사람의 모습에서 눈을 떼지 못했다.

*   *   *

바그다드 대통령궁 본궁의 회의실에서 고성이 오갔다.

"표도르 강을 비롯한 모두가 이라크의 석유를 원할 뿐이야. 놈도 미국 놈들과 다를 바 없어!"

쿠바산 시가를 손에 든 후세인은 강한 논조로 말했다.

"이대로는 미국의 침공을 막아낼 수 없습니다. 비행기는 부품이 없어 제대로 된 훈련을 못 하고 있습니다. 더구나 우리가 가진 T—72 전차는 미국 전차에 비하면 한참 떨어집니다. 표도르 강의 말처럼 미국과 영국이 이라크를 침공

한다면 막을 방법이 없습니다. 쿠웨이트에서 철수할 때도 우리 군은 학살을 당하지 않았습니까?'

이라크의 주력 전차인 T—54A와 T—72S, 이라크에서 조립된 바빌론의 사자란 제식명이 붙은 T—72 전차는 단순 개량형 전차로 러시아가 사용 중인 T—72B 같은 후기형이 아니다.

1973년에 개발된 T—72 전차는 개량형에 따라 성능이 크게 좌우되었다.

"양키 놈들은 우리나라를 침공할 배짱이 없어. 놈들은 단지 공습을 통한 위협만 할 뿐이야."

후세인 대통령은 미국이 절대로 이라크를 침공하지 않을 것이라고 확신했다.

"이대로 미국과 대결 구도를 이끌고 가다가는 미국은 우리와 이란 중 하나를 침공의 대상으로 삼을 것입니다. 그중 어디가 미군의 침공을 받겠습니까?'

쿠사이는 평소와 달리 물러나지 않고 후세인의 말을 맞받아쳤다.

"침공은 없어! 미국은 알라의 심판을 받을 것이다. 위대한 알라는 우리의 편이야! 일어나지도 않을 일을 갖고서 쓸데없는 힘을 낭비하지 마. 지금은 우리에게 대항하는 시아파 놈들에게나 집중해."

걸프전 이후 이라크의 65%를 차지하는 시아파의 봉기가 잇달았다. 여기에 쿠르드족의 움직임도 심상치가 않았다.

'아! 현실을 제대로 보시지 못하는구나.'

"알겠습니다. 그러면 룩오일NY와의 협상은 어떻게 하실 것입니까?"

"우선 놈들에게 투자를 받는 것이 먼저야. 그 후 우리의 요구를 받아주지 않으면 놈들의 시설을 강제로 접수하면 돼."

"표도르 강은 호락호락한 인물이 아닙니다. 러시아에서의 그의 영향력 때문에라도 러시아가 가만있지 않을 것입니다."

"하하하! 쿠사이, 여긴 이라크지 러시아가 아니야. 놈이 어떻게 나오든 간에 우린 이익을 차지하면 되는 거야. 물론 지금은 놈에게 좋은 모습을 비춰주어야지."

후세인은 국제협력과 투자 관계에 있어 단순한 생각을 하고 있었다.

"만약 러시아까지 등을 돌리면 우린 고립될 수밖에 없습니다."

"아니, 우리에게는 아랍의 형제들이 있어. 그들은 이라크를 절대 저버리지 않는다."

"아랍의 형제들로는 미국을……."

"그만! 더는 듣고 싶지 않으니까. 인제 그만 돌아가."

후세인은 손을 들어 쿠사이의 말을 제지했다.

'음, 결국 방법은 하나란 말인가?'

침통한 표정의 쿠사이는 후세인의 말에 자리에서 일어나 회의실을 나갔다.

*　　　*　　　*

다시금 쿠사이가 별궁을 방문했다.

이번에는 혼자가 아니라 2명의 인물과 함께였다.

그들은 이라크 공화국수비대의 아드난 사단과 니다 사단을 이끄는 사단장이었다.

이 두 사단은 바그다드 외곽에 배치된 사단이었다.

사단장인 하심 장군과 이마드 장군은 쿠사이를 지지하는 인물들이었다.

"2차세계대전 때 사용한 무기로 무장한 군대가 미군을 상대로 이기리라는 것은 이라크 장교라면 누구도 믿지 않습니다. 공화국수비대의 몇몇 사단만이 제대로 된 무기를 가지고 있을 뿐입니다. 그마저 걸프전 때 큰 피해를 보았습니다."

함께한 하심 장군의 말이었다.

"맞는 말씀입니다. 이라크의 현 전력으로는 절대로 미군을 상대할 수 없습니다. 미국의 군산복합체는 현재 걸프전 이후 생산된 잉여 무기들을 사용할 장소를 찾고 있습니다. 그 말은 곧 전쟁을 일으킬 이유를 만들어내겠다는 말입니다."

나는 미국의 군산복합체의 현실을 알려주었다.

"강 회장님의 말씀을 듣고 이것이 이라크를 위한 길이라 생각되었습니다. 여기 있는 두 장군의 군대가 사담 페다인 민병대를 견제하고 바그다드로 진입할 것입니다. 그러기 위해서는……."

사담 페다인 민병대는 1995년에 조직된 이라크의 3만 2천 명 규모의 특수보안부대다.

아랍어로 사담 후세인 대통령을 위한 순교자라는 뜻으로, 사담 후세인 대통령의 장남인 우다이 후세인이 총사령관이다.

사담 페다인 민병대는 후세인에 대한 충성도가 높은 지역의 16세 이상의 청년 중에서 선발해 혹독한 훈련을 거쳐야 일원이 될 수 있었다.

여기에 사담 후세인을 추종하는 시리아나 사우디아라비아에서 건너온 외국인들도 부대에 받아들였다.

부대원들은 이라크 정규군과 달리 큰 혜택과 경제적 보상이 주어졌고, 월 1천 달러의 급여를 받았다.

이라크의 일반 사병의 급여는 2달러와 담배 두 갑이 전부였다.

"음, 후세인 대통령을 체포하기 위해서는 우다이 사령관을 먼저 처리해야 한다는 말씀입니까?"

"예, 사담 페다인은 오로지 우다이의 말을 따릅니다. 다른 부대와 달리 특별한 대접을 받고 있어서 대통령에 대한 충성도가 아주 높습니다."

쿠사이가 진행하려는 쿠데타가 성공하기 위해서는 우다이의 체포가 우선적이어야만 했다.

바그다드 시내와 대통령궁에는 후세인의 사병 역할을 하는 사담 페다인이 지키고 있었다.

"우다이 사령관을 체포하기 위해서는 코사크 타격대를 바그다드로 불러들여야 합니다."

"그건 염려하지 않으셔도 됩니다. 하늘을 감시하는 공군과 공항에 도착하는 항공기에 대한 보안은 제 담당이니까요."

쿠사이는 이라크 보안을 책임지는 이라크 정보부와 경찰 책임자였다.

이라크 공군도 쿠사이를 지지했다.

"좋습니다. 코사크 타격대가 바그다드에 도착하는 시점으로 작전을 진행하는 것으로 하시지요. 말씀대로 1차 목표는 우다이 사령관과 후세인 대통령······."

쿠사이의 결단으로 이라크의 역사가 달라지고 있었다.

*　　　*　　　*

이라크 정보부를 장악한 쿠사이로 인해 나에 대한 감시 보고는 후세인 대통령에게 전달되지 않았다.

숙소로 사용 중인 대통령 별궁에 대한 도청도 중단되었다.

이후 코사크에 지시를 내려 코사크 타격대 8개 팀이 이라크로 출발했다.

별도로 중무장한 7개 팀은 언제든지 이라크로 출발할 수 있도록 체첸공화국의 수도인 그로즈니로 집결했다.

이와 함께 체첸공화국에 머무는 코사크 전투부대에도 출동 대기 명령이 떨어졌다.

"너무 빨리 일을 진행되는 것이 아닌지 모르겠습니다."

김만철 비서실장의 말이었다.

"쿠사이의 결심은 확고합니다. 우리도 이라크를 얻게 되면 웨스트와 이스트와의 대결에서 한층 유리한 입장에 서게 됩니다. 모험을 해볼 만한 일입니다."

"늘 위험한 모험을 하시는 것 같아 걱정입니다. 런던의 일이 얼마 지나지 않았는데 말입니다."

"하하! 그런가요? 저도 일이 쉽게 풀리길 원하지 모험을 하고 싶지는 않습니다. 하지만 지금의 상황에서는 돌아서 갈 길은 아닙니다. 직접 문제에 뛰어들어야 하는 때입니다. 쿠사이가 정권을 잡으면 러시아 경제는 더욱 빠르게 회복될 것입니다."

이라크의 원유를 파이프라인을 통해 유럽으로 보낼 수 있다면 룩오일NY의 석유 지배력은 한층 더 공고해질 수 있었다.

내년부터 중국과 함께 경제가 회복되는 동아시아와 인도 등의 원유 소비가 늘어나면서 국제유가는 빠르게 상승한다.

"후세인이 물러나는 순간 시아파와 쿠르드족이 움직이지 않을까 염려가 됩니다."

루슬란 비서실장의 말이었다.

"측근들을 이용한 정치에서 벗어나 소외되었던 그들을 끌어들여 이라크의 대통합을 이루어야만 합니다. 후세인이 부통령 시절에 했던 것처럼 말입니다. 쿠사이는 후세인이 소유했던 부를 이라크 국민들과 나눌 것입니다."

쿠사이가 정권을 잡으면 어떻게 변할지는 모르겠지만, 지금의 후세인과는 다른 정치를 할 것이다.

그 또한 세월이 지나면 아버지인 후세인처럼 권력을 유지하기 위해 국민들을 외면하고 가족과 측근들만을 위하는 정치를 할지도 모른다.

하지만 지금은 이라크를 변혁하고 싶은 생각으로 가득했다.

코사크 타격대를 태운 수송기 5대가 바그다드 근처의 알카프지 공군기지에 착륙했다.

나머지 3대의 수송기는 사담국제공항에 도착했다.

이러한 움직임을 후세인 대통령은 알지 못했다. 그의 둘째 아들인 쿠사이가 철저하게 정보를 차단하고 있었다.

공항에는 사전에 약속한 대로 코사크 타격대가 이용할 헬기가 준비되어 있었다.

작전은 저녁 11시에 시작될 예정으로 후세인과 우다이가 체포되면 쿠사이는 곧바로 계엄을 선포할 것이다.

이를 위해 공화국수비대에 속한 아드난 사단과 니다 사단이 바그다드로 향하는 모든 길목을 차단할 예정이다.

후세인 대통령과 장남인 우다이가 바그다드를 빠져나가

지 못하게 하는 것이 이번 작전의 핵심이었다.

후세인이 체포되면 그는 이라크 지역에 흩어져 있는 72개의 대통령궁 중 하나에 감금될 것이다.

우다이 또한 모든 지휘가 박탈되어 외부와 차단된 곳에 감금될 예정이다.

"현재 우다이의 행방은?"

"그를 따르는 측근들과 함께 팔레스타인호텔에서 파티를 열고 있습니다."

티토브 정의 말이었다.

팔레스타인호텔은 라시드호텔과 함께 바그다드의 최고급 호텔로 내외 귀빈들이 묵는 숙소다.

이라크에서 활동하는 FSB(러시아연방보안국)가 움직이고 있었다.

코사크와 함께 정보센터의 요원들도 바그다드에 들어왔다.

"우다이의 체포는 큰 문제가 없을 것으로 보입니다. 하지만 후세인 대통령이 문제입니다. 이라크가 준비한 헬기는 소음 문제로 대통령궁에 접근하는 즉시 알아챌 수 있습니다."

코사크 타격대가 사용하는 전용 헬기에는 야간항법장치

와 소음저감장치가 달려 있었다.

하지만 쿠사이가 준비한 헬기는 1950년 개발되어 베트남
전에 활약했던 휴이(UH−1)였다.

수송헬기인 만큼 병력을 실어 나르는 데는 문제가 없지
만, 소음이 컸다.

"모스크바에서 헬기가 오려면 하루가 더 소요될 것 같습
니다."

김만철 경호실장의 말이었다.

"시간이 더 끌면 후세인이 알게 됩니다. 작전은 계획한
대로 오늘 진행해야 합니다."

"후세인 대통령이 머물 숙소가 아직 정해지지 않았다고
합니다."

미국의 공습 위협으로 인해서 후세인 대통령은 매일 밤
숙소를 옮겨 다녔다.

더구나 움직일 때는 후세인과 비슷한 외모를 지닌 인물
들을 이용해 동선을 파악하기 힘들게 했다.

"대통령궁을 기습한다는 것은 어려울 것 같습니다. 자체
경비가 너무 삼엄합니다. 코사크 타격대 5개 팀이 움직인다
고 해도 후세인을 체포하기가 여의치가 않습니다."

코사크 타격대를 이끄는 다닐라의 말처럼 바그다드에 자
리 잡고 있는 대통령궁의 경비는 무척 삼엄했다.

이중 삼중으로 보호되고 있었고 5분 안에 새로운 병력이 출동할 수 있도록 도심지에 군부대가 주둔 중이었다.

체포가 아닌 사살을 한다면 성공 가능성이 크지만, 체포는 자칫 코사크 타격대의 큰 희생이 뒤따를 수 있었다.

"음, 기습은 가능하겠지만, 대원들이 빠져나오기가 어렵겠어."

시간상의 문제로 작전 계획을 너무 빨리 세운 것이 문제였다.

작전에 참여하는 아드난 사단과 니다 사단이 바그다드로 진입하기 위해서는 후세인 대통령을 체포해야만 가능했다.

후세인이 건재하는 한 두 사단을 이끄는 하심 장군과 이마드 장군이 움직이지 않을 가능성이 컸다.

그때였다.

기다리던 연락이 쿠사이에서 왔다.

─대통령께서는 아부 구라이브궁에서 머물 예정입니다.

아부 구라이브궁은 사담국제공항 인근에 자리 잡고 있었다.

"이동 시간은 어떻게 됩니까?"

─그건 알 수 없습니다. 오늘 바트당 간부들과의 주요 회의가 있습니다. 회의에 따라 이동 시간이 달라질 수 있

습니다.

"대략적이라도 정확한 시간이 필요합니다."

ㅡ알겠습니다. 다시 연락드리겠습니다.

쿠사이가 제공한 무전기를 통한 통화였다.

즉흥적이고 변덕이 심한 후세인의 성격 때문에 쿠사이도 정확한 움직임을 파악하기 쉽지 않았다.

"후세인 대통령은 오늘 밤 아브 구라이브궁에서 지낸다고 합니다."

"아부 구라이브궁이라면 타격대 3팀과 5팀, 그리고 7팀이 대기하고 있는 사담국제공항과 상당히 가까운 장소입니다."

내 말을 들은 김만철이 지도를 보며 말했다.

"나머지 팀은 어디에 있습니까?"

"알카프지 공군기지에 대기하고 있습니다."

티토브 정이 답했다.

"알시주드궁에서 아부 구라이브궁으로 향하는 길은 어떻게 됩니까?"

후세인은 현재 티그리스 강변에 새롭게 신축된 알시주드 대통령궁에 있었다.

"지도상으로는 2개의 길이 있습니다. 최단 시간으로 이동하는 길은 이곳입니다. 하지만 2차선 도로로 되어 있어 경호상의 문제가 있을 수 있습니다. 다른 길은 6차선 도로로 주변에 건물들이 없고……."

김만철 경호실장의 설명처럼 경호가 유리한 6차선 도로로 후세인 대통령이 이동할 확률이 높았다.

하지만 후세인의 동태를 파악하려는 미국을 생각하면 이동이 눈에 띌 수 있었다.

"미국의 공습을 두려워하는 후세인 대통령이라면 눈에 띄는 장소로 이동하는 것도 원치 않을 수 있습니다."

"듣고 보니 회장님의 말씀도 일리가 있습니다."

"현재로서는 알시주드궁를 급습하는 것보다 이동할 때를 노리는 것이 성공 확률이 높습니다."

문제는 후세인은 즉흥적이고 변덕이 심해 알시주드궁으로 오지 않을 수도 있다는 점이다.

*   *   *

후세인 대통령이 주체하는 회의는 늘 일방적이었다.

후세인이 말하고 각료들은 그의 말을 하나도 놓치지 않으려는 듯이 수첩을 꺼내어 적고 있었다.

후세인의 말에 반론을 제시하거나 토를 다는 일은 있을 수 없는 일이었다.

후세인 대통령이 물어볼 때만 입을 열었다.

'음, 이건 회의가 아니야. 이런 식으로는 답을 찾을 수 없어.'

회의에 참석하고 있는 쿠사이는 지금의 모습이 정상적이지 않다는 것을 잘 알고 있었다.

"룩오일NY에게 석유탐사권을 모두 내주는 것은 어리석은 일이야. 단지 표도르 강을 끌어들이기 위한 것이었으니까. 이제 놈을 잘 구슬려서 우리가 원하는 것을 받아내면 돼."

"표도르 강이 미국의 제재를 뚫을 수 있을까요?"

석유장관인 라시드가 물었다.

미국은 이라크에 경제 협력을 하는 나라에 대해 무역과 금융에 대해서 불이익을 주겠다고 공표했다.

"표도르 강은 자신이 한 말처럼 러시아를 등에 업고 있어. 놈이 투자하면 러시아가 적극적으로 나설 수밖에 없겠지. 그러면 중국과 프랑스도 우리를 위해 지금보다 더 활발하게 움직일 거야."

중국과 프랑스는 이라크 내 경제적인 이익을 취하기 위해서 미국과 영국의 대이라크 제재에 적극적으로 협력하지 않고 있었다.

"무슨 말씀인지 알겠습니다. UN의 무기 사찰 연장은 어떻게 진행하는 것이……."

이라크의 관리들은 혼자서 결정하지 못했다. 무슨 일인지 후세인 대통령에게 묻고 나서 움직였다.

그러다 보니 모든 일에 있어 한발 늦어지는 결과를 초래했다.

이 모든 것이 권력을 한 곳으로 집중하게 만든 후세인의 독재 때문이었다.

"음, 피곤하군. 오늘은 그냥 이곳에서 쉬도록 하지."

눈가를 어루만지며 말하는 후세인 대통령의 말에 쿠사이가 움찔했다.

"아부 구라이브궁에 모든 걸 준비해 놓았습니다. 그쪽으로 가서서 하룻밤을 보내시는 것이 좋을 것 같습니다. 미국의 첩자들이 바그다드에 들어왔다는 정보가 있습니다."

"아니야, 오늘은 움직이기가 그래. 미국 놈들이 그동안 보낸 첩자가 한둘이야? 돈 몇 푼에 이 나라의 정보를 팔아먹는 놈들이나 빨리 잡아. 그놈들이 더 위험한 놈들이야."

후세인 대통령은 쿠사이의 말을 듣지 않았다.

'말을 해도 들어줄 분위기가 아닌데…….'

쿠사이는 당황스러웠다.

가끔 후세인은 계획한 대로 움직이지 않을 때가 있었는데 하필 그날이 오늘이 된 것이다.

후세인은 한번 결정하면 잘 뒤집지 않았다.

"쿠사이, 뭘 그렇게 생각하고 있어?"

자신의 방으로 향하는 후세인은 멍하니 서 있는 쿠사이를 향해 말했다.

"아, 예. 표도르 강에게서 어떻게 하면 더 많은 것을 가져올 수 있을까 하고 잠시 생각했습니다."

"하하하! 그래, 일에 빠질 때는 확실히 빠져 있어야 해."

후세인은 쿠사이의 말에 흡족한 웃음을 지으며 자신의 방으로 걸음을 옮겼다.

'아! 이대로 끝인가?'

후세인이 움직이지 않으면 모든 것이 끝이었다.

자칫 코사크 타격대가 이라크 내로 들어온 것이 후세인이게 알려진다면 자신도 무사하지 못한다는 것을 잘 알고 있었다.

코사크 타격대는 지금 후세인이 지나갈 것으로 예상되는 길목에서 이라크 경찰로 위장한 채 기다리고 있었다.

'이렇게 되면 표도르 강을 희생시켜서라도 내가 빠져나가야 하는데……'

천천히 후세인의 뒤를 따르는 쿠사이의 머릿속은 복잡해

졌다.

이대로 가다가는 쿠데타를 준비한 것이 탄로 날 게 뻔했다.

그때였다.

쉬이― 익! 쿠우웅!

심한 굉음과 함께 전투기가 지나가는 소리가 들려왔다.

그 소리에 2층으로 올라가는 후세인 대통령의 발걸음이 멈췄다.

그때 알시주드궁의 경비 책임자가 황급히 쿠사이에게 뛰어왔다.

"미국 전투기가 바그다드 상공까지 접근했습니다."

경비 책임자의 말에 후세인의 표정이 일그러지는 것이 보였다.

Chapter 3

　미군 전투기가 바그다드 상공을 정찰하듯이 위력 비행하자 후세인은 생각을 접고 아부 구라이브궁으로 향했다.

　"미국 놈들은 우리의 말을 아예 들을 생각이 없어."

　이라크는 하루빨리 미국과 영국이 주도하는 경제 제재를 풀길 원했다.

　미국이 표면적으로 추진하는 것은 이라크의 핵무기 프로그램 폐기와 대량 파괴 무기 해체였지만 사실은 후세인 대통령의 퇴진을 원했다.

　이러한 사실을 알고 있는 후세인은 UN의 대량 무기 사찰

단에 협조하는 시늉을 하고 있었다.

후세인은 이라크가 가지고 있는 스커드미사일과 화학무기를 쉽게 포기할 마음이 없었다.

두 무기는 이라크가 가진 가장 강력한 무기였기 때문이다.

"저희는 놈들에게 충분한 양보를 했습니다."

차에 함께 탄 쿠다예르 대통령 비서실장이 말했다.

평소처럼 후세인의 둘째 아들인 쿠사이 정보국장이 함께하지 않았다.

그는 후세인이 탄 벤츠 차량보다 앞쪽에서 달리는 차에 올라타 경호 차량을 선도하고 있었다.

"속도를 좀 더 높여."

쿠사이의 말에 운전사는 가속페달을 더욱 세게 밟았다.

빠르고 은밀한 이동을 위한다는 핑계로 쿠사이는 평소보다 경호 차량의 숫자를 줄였다.

대신 아부 구라이브궁으로 향하는 길목마다 이라크 경찰을 배치했다는 말을 후세인에게 보고했다.

아부 구라이브궁으로 향하는 이동 경로도 이동이 쉬운 중앙 도로가 아닌 2차선 도로를 이용했다.

이 모든 것은 미군의 정찰을 피하기 위해서라는 핑계를 댔다.

이라크 경찰들은 쿠사이의 명령으로 2차선 도로로 지나

는 일반 차량의 통행을 막았다.

"5분 후에 후세인을 태운 경호 차량이 도착한다. 선두에
선 차량과 그 뒤를 따르는 검은색 벤츠는 통과시킨다."

이라크에 파견된 코사크 타격대를 이끄는 다닐라의 말이
었다.

다섯 개 팀이 동원되었고 만약을 대비해 사담국제공항에
3개 팀이 대기하고 있었다.

후세인이 체포되면 쿠사이의 지휘 아래 있는 공항 경찰
대와 함께 공항을 장악할 것이다.

―차량이 진입한다.

교차로에서 교통을 정리하는 경찰로 위장한 대원이 연락
을 취해왔다.

"2분 후면 선두 차량이 보일 것이다."

거리에 서 있는 코사크 타격대는 모두가 이라크 경찰복
을 입고 있었다.

미군 전투기의 정찰을 방해한다는 핑계로 가로등이 상당
수 꺼져 있는 지금, 차량에 탄 인물들은 이라크 경찰로 변
장한 코사트 대원들을 분간하기 힘들었다.

―진입한다!

이야기되었던 선두 차량과 벤츠가 빠르게 지나가는 순간

이었다.

길가에 비켜나 있던 트럭에 시동이 걸리며 도로로 돌진했다.

끼이익!

갑작스럽게 트럭이 길을 막자 뒤따르던 차량은 브레이크를 밟을 수밖에 없었다.

쿵! 쾅!

선두 차량의 속도를 따라잡으려고 속력을 올렸던 경호 차량이 트럭을 피하지 못하고 그대로 충돌하자 뒤쪽 차량도 좁은 도로로 인해 연쇄 충돌을 일으켰다.

끼익!

후세인이 탄 차량은 앞쪽 차량의 충돌을 보는 순간 재빨리 브레이크를 밟았다.

"뭐냐?"

후세인 대통령이 흔들리는 차량에서 소리를 치는 순간이었다.

타다타탕! 투트드트!

충돌로 멈춰 선 경호 차량을 향해 수많은 불꽃이 날아들었다.

타다다탕탕! 드르륵르!

뒤쪽에서도 멈춰 선 차들을 향해 길에서 경비를 서던 경찰들이 주저 없이 자동소총을 난사하듯 갈겼다.

반격을 위해 차량 문을 열고 나오던 경호원들이 속절없이 당했다.

길가에 서 있던 이라크 경찰들이 코사크 타격대라는 것을 후세인 대통령 경호 요원들은 전혀 알아채지 못했다.

더구나 빠른 이동을 위해서 경호원의 숫자를 줄인 것도 문제였다.

이러한 결정은 후세인의 둘째 아들인 쿠사이가 진행했다.

"저놈들은 뭐냐?"

자신의 안방이라고 생각하던 바그다드에서 습격을 당하자 후세인은 놀라 소리쳤다.

습격자들 모두 경호를 위해 동원된 이라크 경찰이었기 때문에 충격이 더했다.

타다다다탕!

후세인이 탄 방탄 벤츠에도 총알이 날아들었다.

경호원들보다 경찰복을 입고 있는 습격자들이 더 많았다.

불의의 기습으로 2차선 도로에 뒤엉켜 버린 경호 차량들은 대다수가 움직임을 멈춰 버렸다.

"사격 중지!"

다닐라의 명령에 백여 명이 넘는 타격대의 사격이 멈췄다.

"후세인 대통령을 확보해."

코사크 타격대는 후세인이 탄 방탄 벤츠로 다가가 총격으로 금이 간 차창 문을 향해 샷건을 발사했다. 그러고는 문을 부수는 커다란 쇠망치로 창문을 갈기자 방탄유리가 박살 났다.

차 안에 탄 인물들은 수많은 총구 앞에 반항할 수가 없었다.

"너희는 누구야?"

후세인 대통령은 차 문을 열고 자신을 끌어내는 인물들을 향해 소리쳤다.

하지만 대답 대신 그의 입에는 곧바로 재갈이 물렸고 두 눈도 가려졌다.

*   *   *

팔레스타인호텔 특별실에 무희를 불러놓고 측근들과 이라크 축구 관계자들과 술판을 벌이고 있는 우다이는 지금 바그다드에서 벌어지고 있는 일을 전혀 알지 못했다.

"여기 술을 더 갖고 와!"

이슬람을 믿는 이라크에서 대놓고 술을 마실 수 없었다.

호텔에 투숙하는 외국인들에게는 판매를 허락했지만, 현지인에게는 술을 팔지 않았다. 하지만 후세인의 첫째 아들인 우다이는 이러한 법에서 무관한 사람이었다.

우다이의 말에 호텔 종업원은 재빨리 고급 코냑을 우다이가 앉아 있는 자리로 가져갔다.

우다이의 기분을 상하게 하면 죽음까지도 생각해야 하는 상황을 맞이할 수 있었기 때문이다.

그는 이라크 축구 국가 대표 팀이 국제대회에서 지고 오자 직접 전기 고문과 채찍질로써 축구선수를 불구로 만든 인물이다.

"여기 있습니다."

호텔 종업원이 코냑을 내려놓을 때였다.

쾅!

특별실의 문이 큰 소리와 함께 활짝 열리며 무장한 군인들이 들이닥쳤다.

"우다이! 국가 반란죄로 체포한다."

군인들을 이끄는 인물은 이라크 국가정보총국(DGS)의 알바락 중위로, 우다이를 향해 서슴없이 손가락질하며 소리쳤다.

그러자 군인 복장이 아닌 민간인 복장을 한 다섯 명이 우다이를 향해 빠르게 다가갔다.

"너희는 뭐냐?"

술잔을 들고 있던 우다이가 놀라 소리쳤다.

특별실에 있던 사람들도 지금의 상황이 어떻게 된 것인지 어리둥절한 표정이었다.

"후세인 대통령께서 피습을 당하셨다. 당신의 중대한 범죄 행위는 재판정에서 낱낱이 밝혀질 것이다. 다들 뭐 해? 모두 체포해!"

알바락 중위의 말에 무장 군인들은 호텔 종업원을 비롯해 특별실에 있는 인물들을 모두 체포했다.

"아버지를 피습하다니? 누가 그런 짓을 벌인 거야?"

우다이는 개 끌리듯 끌려 나가면서 크게 소리를 질렀다.

"뻔뻔하군. 반란을 일으키고도 술이 넘어갔나?"

"반란이라니? 지금 나를 보고 하는 소리인가?"

술에 취해 있던 우다이는 처음에는 알바락 중위의 말을 제대로 알아듣지 못했다.

"당신의 죄상은 이라크 국민에게 알려질 것이다. 끌고 가!"

"이놈이! 난 아니냐! 난 반란을 벌이지 않았어!"

우다이는 끌려가는 내내 소리를 질렀다. 이상하게도 후

세인과 달리 우다이는 입을 막지 않았다.

*　　　*　　　*

"후세인 대통령과 우다이의 신병을 확보했습니다."

김만철 경호실장의 보고였다.

"생각했던 것보다 너무 쉽게 성공했네요."

큰 어려움이 따를 것이라고 여겼던 작전이었다.

변덕과 의심이 많은 후세인이었기에 우리가 선택했던 길목으로 오지 않을 수도 있었다.

아니, 작전 시간 1시간 전까지도 후세인은 아부 구라이브 궁이 아닌 알시주드궁에 머문다고 전해왔다.

그로 인해 작전 중지에 따른 후속 대책을 논의하기까지 했다.

"저도 조금은 의아합니다. 이렇게 대통령의 경호가 허술할 줄은 몰랐습니다."

"쿠사이가 중간에서 큰 역할을 한 것 같습니다. 후세인 대통령의 경호 인력이 평소보다 절반으로 줄어 있었다고 합니다."

연락을 받은 티토브 정의 말이었다.

쿠사이는 단 한 번의 기회를 놓치지 않았다. 후세인 대통령에 대한 경호를 느슨하게 만들었다.

"큰 희생 없이 순조롭게 일을 끝내려면 지금부터가 중요합니다. 그럼 다음 계획대로 일을 진행하시지요."

"예, 바로 진행하겠습니다."

후세인 대통령 습격에 동원되지 않았던 코사크 타격대 3개 팀이 움직였다.

사담국제공항과 이라크 방송국을 장악하기 위해서다.

공항에 대기하던 두 개 팀은 사담국제공항을 점령하고 한 개 팀은 헬기를 타고 방송국으로 날아갔다.

*   *   *

체첸공화국 그로즈니에 대기하고 있던 코사크 타격대 7개 팀이 이라크로 향하는 비행기에 올라탔다.

그 옆으로는 안토노프―124 대형 수송기에 공격 헬기와 대공 방어용 무기들이 하나둘 실려지고 있었다.

항공기 이착륙이 금지된 사담국제공항에서는 이라크 정부 소유의 항공기 한 대가 급하게 이륙하여 체첸공화국을 향해 날아올랐다.

이와 함께 이라크 공화국 수비대에 속한 아드난 사단과 니다 사단이 바그다드로 진입하면서 사담 페다인과 전투가 벌어졌다.

하지만 사담 페다인의 총책임자인 우다이와 지휘관들이 체포되면서 지휘 체계가 무너졌다.

더구나 전차와 장갑차를 앞세워 바그다드로 진입하는 군 병력을 사담 페다인은 당해내지 못했다.

후세인 대통령의 체포 소식에 주저하던 공군까지 나서면서 사담 페다인의 저항은 오전 9시를 기점으로 끝이 났다.

밤새 총소리와 폭발음에 가슴 졸였던 바그다드 주민들은 오전 10시 30분에 긴급방송을 통해서 그 내막을 알게 되었다.

"친애하는 이라크 국민 여러분, 참으로 애통한 소식을 전하게 되었습니다. 이라크의 아버지이자, 이 나라의 위대한 지도자이신 사담 후세인 대통령께서 불순한 무리의 공격으로 인해……."

이라크 방송국의 카메라 앞에서 비통한 표정과 눈물까지 글썽이는 쿠사이는 긴급성명서를 읽고 있었다.

중간중간 말을 잇지 못하고 멈춰 서는 모습까지 보이는 쿠사이의 행동은 잘 연출된 모습이었다.

갑작스러운 후세인의 사망 소식에 이라크 국민은 물론이고 전 세계가 깜짝 놀라는 모습이었다.

미국의 CNN과 영국은 BBC 등 전 세계의 언론들은 이 소식을 긴급 속보로 전했다.

아랍 방송인 알자지라 방송이 독점적으로 전하는 바그다드의 현지 상황들이 CNN 화면을 통해서 전 세계로 퍼져 나갔다.

이라크의 수도 바그다드는 여러 곳에서 검은 연기가 피어오르고 있었다.

전투가 벌어졌던 곳으로 여겨지는 곳에서는 여러 구의 시체와 함께 장갑차가 불타오르고 있었다.

중심가에는 중무장한 군인들이 도로를 지나는 차량들을 일제히 검문하는 모습도 보였다.

바그다드 상공에도 십여 대의 헬리콥터들이 바쁘게 날아다니고 있었다.

미국과 영국 정부는 현재 바그다드에서 벌어진 사태에 대해 정확한 정보를 파악 중이라는 짧은 논평을 내놓았다.

하지만 미군을 비롯한 모든 정보기관을 동원하여 이라크 사태를 파악 중이었다.

러시아는 이라크의 빠른 안정과 질서 유지를 기원한다는 논평을 냈다.

전 세계의 언론들은 사담 후세인 대통령의 부재로 인해

이라크와 중동의 정세가 어떻게 바뀌게 될지에 대해 특집 방송을 내보냈다.

사담 후세인 대통령의 사망 소식을 전한 것은 둘째 아들인 쿠사이였지만 아직 구체적인 정황이나 사망에 대한 증거가 나오지 않고 있었다.

갑작스러운 이라크 사태는 국제 석유시장과 원유 선물시장을 큰 폭으로 출렁이게 만들었다.

국제 원유가격은 소식이 전해진 하루 만에 14.30달러에서 17.59달러로 3.29달러가 급등했다.

사전에 정보를 전달받은 소빈뱅크는 원유 선물시장에서 상당한 이익을 보고 있었다.

Chapter 4

　전 세계는 이라크에서 전해진 사진과 영상에 충격을 받았다.

　이라크의 지도자인 사담 후세인이 경호원들과 차 안에서 피를 흘린 채 죽은 모습이 사진에 담겨 있었다.

　알자지라 방송이 전한 영상은 황금 관에 누워 있는 후세인 대통령을 담고 있었다.

　황금 관에 누워 있는 인물은 후세인의 그림자 역할을 했던 인물이었다.

　알자지라의 보도 사진과 영상을 놓고 미국을 비롯한 서

방 관계자들은 갑론을박(甲論乙駁)을 벌이고 있었다.

공격을 당한 사진 속 후세인은 고개가 옆으로 떨구어졌고 머리에서는 피가 흘러내렸다.

바그다드 대통령 본궁에 설치된 황금 관 속의 후세인은 옅은 미소를 띠는 듯한 모습으로 누워 있었다.

영상에는 후세인에게 충성했던 바트당과 군 장성들이 먼저 참배를 하는 모습이 보였다.

"후세인 대통령은 그로즈니에 무사히 도착했습니다."

김만철 경호실장의 보고였다.

사담 후세인은 이라크와 쿠사이를 위해서 죽을 때까지 러시아를 벗어날 수 없었다.

"음, 이제부터가 중요합니다. 쿠사이가 후세인 사후 이라크를 빠르게 안정시켜야 합니다. 코사크 전투부대는 출발했습니까?"

쿠사이는 후세인 대통령의 사망을 전하면서 이라크 전역에 계엄령을 선포했다.

"예, 선발대로 7백 명이 출발했습니다."

쿠사이는 공식적으로 이라크의 안정과 질서 유지를 위해 러시아에 협조 요청을 했다.

하지만 미국과 영국은 이라크의 행동을 비난했고 러시아

가 군대를 파견하는 것을 극구 반대했다.

이러한 결과 러시아는 이라크 내에 진출한 자국민과 기업들의 안전을 위해서 경비 업체인 코사크에 협조 요청하는 모습을 보였다.

러시아 민간 경비 업체인 코사크는 이미 유럽에서 활동 중이었고, 미국에도 진출할 예정이었기에 두 나라가 반대할 상황이 아니었다.

이마저 막으면 러시아는 군대를 파견하겠다는 의사를 강하게 내비쳤다.

이라크 정부도 공식적으로 코사크에 경비 활동을 의뢰했다.

"코사크 전투부대가 바그다드에 들어오면 미국과 영국도 쉽게 움직일 수 없을 것입니다."

이라크에 1개 연대급 병력인 2천여 명의 전투부대를 파견할 계획이었다.

이와 함께 미국과 영국의 폭격에 대비한 러시아의 대공 무기들도 함께 이라크로 들어간다.

이 무기들은 향후 코사크 전투부대가 이라크를 떠나도 가져가지 않는 무기들이었다.

"미국과 영국은 어떻게 된 일인지 어리둥절할 것입니다."

김만철 경호실장의 말처럼 이라크를 강하게 압박하고 있던 두 나라는 후세인의 사망 소식에 뒤통수를 강하게 처맞은 꼴이었다.

　"이번 일로 인해서 미국의 중동 전략이 상당히 달라질 것입니다."

　후세인의 사망 소식으로 중동 국가들도 바빠졌다.

　영국 런던에서 일어났던 테러로 중단된 OPEC 회의가 다시금 사우디아라비아의 수도인 리야드에서 급하게 소집되었다.

*　　　*　　　*

　"난 아니야! 쿠사이를 불러와. 난 반역자가 아니야! 아니라고."

　대답을 하는 우다이는 눈은 반쯤 감겨 있었다.

　후세인의 장남 우다이는 며칠 동안 잠을 자지 못한 채 이라크 국가정보총국의 심문에 시달렸다.

　탁!

　"정신 차려! 네가 저지른 일이라고 네놈의 수하들이 모두자백했어."

　우다이를 심문하는 베라트는 고개를 숙인 그의 얼굴에

백열전등을 갖다 대며 말했다.

"아니라고 했잖아. 날 그냥 내버려 두라고 쿠사이에게 전해."

밝은 전구 빛에 우다이는 인상을 찌푸리며 말했다.

잠을 자고 싶은 우다이었지만, 자신이 후세인을 죽였다고 인정하는 순간 어떻게 되리라는 것을 잘 알고 있었다.

"안 되겠군. 네가 좋아했던 전기 고문을 한 번 맛보면 달라질까? 칼리드 배터리를 가지고 와."

베라트의 말에 칼리드는 자동차용 배터리로 만든 전기 고문 장치를 가져왔다.

"크크크! 처음은 약한 것으로 하자고."

"이러지 마. 난 아무 짓도 하지 않았어."

우다이는 전기 고문이 얼마나 고통스러운지 잘 알고 있었다.

"아직도 정신 못 차렸군. 물을 뿌려!"

베라트의 말에 물통에 담긴 물이 우다이에게 뿌려졌다. 몸에 전기를 잘 통하게 하기 위해서였다.

"하지 마. 하지 말라고!"

우다이의 몸에 물이 뿌려지고 연결 장치가 엄지발가락에 끼워지자 그는 질색한 표정으로 소리쳤다.

"이왕 시작했으니, 경험은 해봐야지. 시작해!"

베라트의 말이 떨어지자 칼리드는 전기 고문 장치의 스위치를 눌렀다.

"으아아악! 제발! 아아아악! 내가 지시했어. 아악! 지시했다고!"

따뜻한 온실에서만 자란 우다이는 단 5초를 버티지도 못했다.

"하하하! 이거 실망인데. 난 적어도 1분은 버틸 줄 알았는데 말이야."

베라트는 크게 웃으며 말했다.

우다이는 자신의 몸을 관통하던 고통스러운 전기가 사라진 것에 안도할 뿐이었다.

*　　　*　　　*

이라크 최고 정책 결정 기구인 혁명평의회와 집권 바트당은 사망한 사담 후세인 대통령에 이어 쿠사이 후세인을 이라크 지도자로 선출했다는 공식적인 성명을 발표했다.

사담 후세인 대통령의 사망에 따른 애도 기간을 한 달로 공표했고, 후세인의 장례는 생각했던 것보다 간소하게 치러졌다.

여기에 이라크 국가정보총국과 경찰은 사담 후세인 대통

령을 사망으로 이끈 쿠데타 주동 세력은 사담 페다인과 그 책임자인 장남 우다이 후세인이라고 발 빠르게 발표했다.

그 증거로 사담 페다인의 속한 군인들의 자백과 우다이의 육성이 담긴 테이프를 공개했다.

사담 후세인 대통령의 사망으로 상당한 혼란이 있을 것이라는 서방 언론들의 보도와 달리 이라크는 크게 흔들리는 모습을 보여주지 않았다.

더구나 이러한 일련의 사태 수습은 쿠사이의 지도력을 한층 돋보이게 하였다.

마치 모든 상황을 대비했던 것처럼 쿠사이는 일사천리로 움직였다.

"이라크는 미국과 영국에 언제든지 협조할 준비가 되어 있습니다. 이라크는 전쟁을 원하지 않으며 중동의 평화를 위해 헌신할 준비도 갖추고 있습니다. 이라크 국민들이 겪는 어려운 경제 현실을 타개하기 위해 저를 비롯한 혁명평의회는……."

이라크 대통령에 올라선 쿠사이는 이라크 국회에서 한 연설을 통해 미국과 영국에 손을 내미는 모습을 보여주었다.

미국이 원하는, 대량 살상무기인 화학무기와 스커드 미

사일에 대한 포기 의사까지 피력했다.

쿠사이는 사담 후세인이 이라크 전역에 만든 72개의 대통령궁 중 절반 이상을 이라크 국민이 이용할 수 있게 개방하겠다고 발표했다.

이라크의 대통합을 이루기 위해 국민의 65%를 차지하는 시아파와 17%의 인구 구성비를 가지고 있는 쿠르드족에게도 더 많은 자치권을 부여하겠다는 약속을 했다.

여기에 부족한 식량과 의약품 공급도 걸프전 이후의 시절만큼 회복시키시겠다고 말했다.

쿠사이 대통령의 연설은 이라크 의원들의 큰 환호와 박수를 박았다.

"이라크의 새로운 탄생을 진행할 수 있게 해주셔서 진심으로 감사드립니다."

국회 연설을 마치고 돌아온 쿠사이는 나에게 진심 어린 감사를 표했다.

"하하! 아닙니다. 쿠사이 대통령께서 용기 있게 행동했기 때문에 가능한 일입니다. 그리고 앞으로 넘어야 할 산이 한두 개가 아닙니다."

쿠사이가 별다른 반대 없이 이라크 대통령에 올라섰지만 갑작스러운 우다이의 쿠데타와 후세인 대통령의 죽음에 대해 의구심을 표하는 인물들이 대내외적으로 적지 않았다.

여기에 악화일로에 있는 이라크 경제와 내부 불안 요소인 쿠르드족 문제 해결도 당면한 문제였다.

"음, 맞는 말씀입니다. 당장 해결할 문제들이 한둘이 아니니까요."

"먼저 국민들의 지지를 얻으셔야 합니다. 대통령께서 약속한 대로 국민이 피부로 직접 느낄 수 있는 일들부터 서둘러 진행해야 합니다."

"예, 그래서 먼저 사담 페다인에 지원했던 물품들을 공급하기로 했습니다. 여기에 대통령궁과 정부 건물 유지에 들어갔던 과도한 예산을 식량과 의약품 구매로 돌리라고 지시했습니다."

사담 후세인 대통령의 친위대인 사담 페다인은 이라크 군대는 물론 국민과는 전혀 다른 혜택을 받아왔다.

이들은 충분한 식량과 의료 혜택을 받았고, 월급도 이라크 화폐인 디나르가 아닌 달러를 받았다.

"잘하셨습니다. 저희가 운영하는 도식락과 닉스제약에서 최우선으로 이라크에 식량과 의약품을 공급할 것입니다. 소빈메디컬에서도 의사들을 파견해 어린아이들과 노약자를 치료할 것입니다."

쿠사이가 진행하려는 일들은 나의 충고로 이루어지는 것

이었다.

이라크에 식량과 의약품 공급을 담당하는 업체는 도시락과 닉스제약이 독점적으로 맡게 되었다.

이와 함께 수도인 바그다드와 제2도시인 모술에 먼저 도시락마트를 설립할 예정이다.

"하하하! 강 회장님을 만나지 못했다면 저는 큰 꿈을 행동으로 옮기지 못했을 것입니다. 만약 이라크가 변화하지 않으면 미국과 영국이 의도한 대로 흘러갔을 것입니다."

"예, 말씀대로 두 나라는 이라크를 전쟁으로 이끌었을 것입니다. 그러한 정황들은 지금도 여러 곳에서 찾아볼 수 있습니다."

코사크 정보센터와 러시아연방보안국(FSB)에서 입수한 정보와 데이터를 분석한 자료를 쿠사이에게 제공했다.

그 자료에는 중동에 과할 정도로 주둔하고 있는 미군이 계속해서 머물기 위해서는 꾸준한 국지전과 전쟁이 필요하다는 분석이 담겨 있었다.

자료를 읽어보면 전쟁의 대상이 이라크라는 것을 충분히 알 수 있었다.

"저를 끝까지 도와주시길 바랍니다. 이라크가 다시금 전쟁터로 바뀌지 않게 말입니다."

"물론입니다. 이라크가 다시금 번영을 누릴 수 있도록 적극적으로 돕겠습니다."

이라크의 변화는 웨스트와 이스트의 계획 속에 들어 있는 중동을 바꾸는 일이었다.

두 세력의 한 축을 담당하는 석유를 자치하기 위한 포석이기도 했다.

　

*　　　*　　　*

　

이라크 스웨라 공군기지에 그로즈니에서 선발대로 출발한 코사크 전투부대가 도착했다.

바그다드와 모술에 진출한 러시아와 외국 기업들의 안전을 위한 명분이었지만 미국과 영국의 공습을 막기 위한 전략적 차원이기도 했다.

코사크 전투부대는 9K38 Igla를 대체하기 위해 개발된 최신형 9k333 버바(VERBA) 휴대용 방공 미사일 시스템을 갖추고 있었다.

러시아 육군과 합동으로 3억 5천만 달러의 개발비를 투자하여 비밀리에 개발한 휴대용 대공미사일이었다.

실제보다 3년을 앞당겨 개발한 버바 휴대용 방공 미사일은 저공에서 적 항공기가 열 추적 미사일과 음향 추적 미사일을 따돌리기 위해 뿌리는 교란용 플레어와 목표물을 정확히 구분하여 명중시킬 수 있었다.

더구나 버바는 미국의 크루즈 순항미사일을 요격할 수 있는 휴대용 대공 무기이다. 버바는 2S6M 퉁구스카와 함께 코사크 전투부대의 강력한 대공 무기 체계였고, 이라크군에게 넘겨줄 무기이기도 했다.

현재 러시아 육군과 코사크는 퉁구스카보다 뛰어난 복합 대공 무기인 러시아의 판치르(Pantsir)—S1을 함께 개발 중이었다.

"1천 명의 전투부대가 무사히 전개를 마쳤습니다. 2차로 들어오는 1천 명은 모술과 바스라에 배치될 예정입니다."

코사크 전투부대는 이라크의 주요 도시에서 룩오일NY와 닉스홀딩스의 안정적인 활동을 위한 경비와 경호 업무를 할 예정이다. 이와 함께 이라크군과 보안 부대의 훈련까지 지원하기로 했다.

여기에 쿠사이 대통령의 경호를 위해 코사크 타격대 2개 팀이 바그다드에 상주할 계획이다.

그 대가는 이라크 석유에 대한 독점적 지위였다.

Chapter 5

이라크의 대통령에 오른 쿠사이는 쿠웨이트와 사우디아라비아에 특사를 파견했다.

걸프전으로 야기된 쿠웨이트 침공은 잘못된 일이었으며 이라크는 국경을 접하고 있는 주변국들과 협조하여 중동 평화에 이바지하겠다는 말을 전달했다.

두 나라가 초청해 준다면 언제든지 방문하겠다는 의사도 피력했다.

중동 수니파 수장인 사우디아라비아는 쿠사이의 이러한 모습에 환영하는 모습을 보였다.

수니파가 정권을 잡고 있는 이라크가 자칫 사담 후세인 사후에 국정 불안으로 시아파에게 권력이 넘어가면 국경을 맞대고 있는 사우디아라비아로서는 우려스러운 일이 될 수 있었다.

　중동의 패자를 자처하며 돌발적인 행동을 일삼던 후세인과 달리 새로운 대통령에 올라선 쿠사이는 온건 노선을 표방하고 나선 것도 사우디아라비아가 좋게 받아들인 이유였다.

　하지만 쿠웨이트는 이렇다 할 반응을 보이지 않았다.

　이라크의 갑작스러운 태도 변화에 당황하는 곳은 중동에 군대를 파견하고 있는 미국과 영국이었다.

　걸프전 이후 비행 금지 구역을 설정하고 이라크가 자신들의 의도에 따르지 않는 모습을 보이면 이라크 전투기를 격추하거나 군사시설에 폭격을 가하기도 했다.

　그 모든 것이 중동 평화와 독재자 후세인 대통령에 억압받는 이라크 국민을 위한다는 핑계였다.

　"쿠사이 대통령의 행보에 다들 놀라는 눈치입니다."

　루슬란 비서실장의 말이었다.

　"지금까지는 사담 후세인을 자극해서 대결 구도를 연출할 수 있었지만, 쿠사이는 다를 거야. 쿠사이는 이라크의 미래를 정확히 보고 있었어."

쿠사이의 가장 큰 장점은 후세인과 달리 독선적이지 않고 다른 사람들의 말을 경청할 줄 안다는 것이다.

"CIA의 테닛이 회장님을 만나기 위해 급하게 찾는다고 합니다."

CIA 국장인 테닛은 날 만나기 위해 룩오일NY와 닉스홀딩스 비서실에 연락을 취해왔다.

이라크 사태 이후 코사크가 이라크에 진출한 것을 두고 연관성을 추측하고 있었다.

이라크 정부는 현재 룩오일NY와의 협력 관계에 대해서 공식적인 발표를 하지 않았다.

"후후! 뒤통수를 맞은 꼴이 되었으니까. 후세인의 사망과 쿠사이의 등장은 그들의 데이터에는 없는 일이잖아. 지금 상황에서는 굳이 테닛을 만날 필요는 없어."

미국은 현재 이라크에서 벌어지는 일들을 알고 싶어 했다.

이라크의 전면에 나선 쿠사이의 움직임에 러시아와 중국, 그리고 프랑스가 적극적인 지지 의사를 표했다.

여기에 미국의 최우방 국가 중 하나인 중동의 사우디아라비아도 쿠사이의 관계 개선 의지 표명을 긍정적으로 바라보았다.

이러한 국제 정세의 변화가 미국은 달가울 리가 없었다.

"예, 말씀대로 처리하겠습니다."

루슬란의 내 말에 고개를 끄떡이며 말했다. 지금 급한 쪽은 테닛 국장이었지 내가 아니었다.

"의약품과 식료품 공급은 어떻게 되었습니까?"

"오전에 닉스제약에서 보낸 1차분 의약품이 바그다드공항에 도착했습니다. 도시락에서 보낸 제품들은 이번 주 금요일에 바스라항에 입항할 예정입니다."

어제 바그다드에 입국한 김동진 비서실장의 말이었다.

쿠사이의 집권 이후 변화 중 하나가 사담국제공항이 바그다드국제공항으로 이름을 바꾼 거였다.

사담 후세인 대통령의 잔재를 쿠사이는 빠르게 지우고 있었다.

"바그다드와 모술의 전기 시설과 수도시설에 대한 공사도 곧바로 진행할 수 있게 준비하십시오. 바그다드와 모술에 대한 재건 작업이 먼저 시작될 것입니다."

쿠사이 대통령은 시민정책의 하나로 전기와 수도 공급을 원활하게 진행하도록 지시했다.

걸프전 이후 수도인 바그다드를 비롯한 주요 도시의 인프라 시설이 파괴되었고, 빈약한 이라크 재정은 인프라 시설 재건에 사용되는 것이 아닌 후세인의 독재 강화와 권력

유지에 사용되었다.

3주 전에도 미국과 영국의 폭격을 당했던 바그다드의 곳곳에는 파손된 건물과 도로가 그대로 방치되어 있었다.

"이라크 재정이 많이 부족하다고 하는데 건설 비용은 어떻게 처리되는 것입니까?"

아직 정확한 상황을 알지 못하는 김동진 비서실장이 물었다.

"건설에 대한 지급 보증은 소빈뱅크에서 합니다. 소빈뱅크는 대신 이라크의 원유와 금괴를 담보로 잡을 것입니다. 이와 함께 후세인이 가지고 있던 비밀 자금 중 64억 달러가 소빈뱅크 관리하에 들어왔습니다."

사담 후세인은 150억 달러 이상의 비밀 자금을 가지고 있었다.

현재 100억 달러는 조치가 취해졌고, 나머지 금액도 이라크 정부로 이관하는 작업이 진행 중이었다.

여기에 이라크 정부가 비밀리에 보관 중인 127억 달러 상당의 금괴도 소빈뱅크가 관리할 예정이다.

이를 위해 소빈뱅크가 이라크 바그다드에 다음 달 안으로 진출할 예정이다.

"하하! 이라크와 관련된 모든 것을 룩오일NY에서 처리하는 것입니까?"

"표면적으로는 룩오일NY가 전면에 나서지만 닉스홀딩스도 상당 부분 참여를 해야 합니다. 이라크 재건 사업은 수백억 달러가 아닌 수천억 달러가 들어갈 것이기 때문입니다."

이라크의 재건 사업은 건설 분야뿐만 아니라 전 업종에 연관된 사업이었고 여기에 무기 도입까지 들어 있었다.

쿠사이는 내가 룩오일NY와 닉스홀딩스를 세계적인 기업으로 키워낸 것처럼 이라크 또한 부강한 나라로 만들고 싶어 했다.

더구나 그는 아프리카의 DR콩고가 나의 도움으로 인해서 새롭게 탈바꿈하고 있다는 사실에 더욱 고무되어 있었다.

쿠사이는 전적으로 날 믿었기 때문에 나에게 이라크 전부라 할 수 있는 원유 사업을 맡긴 것이다.

"독점적으로 가져간다면 대단한 사업이 되겠습니다."

"이라크는 시작에 불과합니다. 이라크를 모델로 삼아 다른 국가들도 우리가 주도해 나가면 됩니다. 독점적 지위를 이용해서 이익을 우선하는 것이 아닌 서로가 원원하는 길을 보여준다면 중동의 산유국들도 자신들이 걸어갈 길이 무엇인지 알게 될 것입니다."

이미 DR콩고에서 보여준 일이었다.

가난과 질병이 만연했던 혼돈의 땅 중부 아프리카가 희
망의 땅으로 변하는 놀라운 일이 일어난 것이다.
　DR콩고를 시작으로 르완다와 부룬디의 변화 또한 중부
아프리카를 새롭게 바꾸고 있었다.

＊　　　＊　　　＊

　예인이가 머무는 호텔 객실에 서슴없이 문을 열고 들어
오는 인물이 있었다.
　"언니! 예인 언니!"
　넓은 객실 안에 들어오면서 예인이를 부르는 인물은 다
름 아닌 화린이었다.
　화린은 송예인과 백천결이 함께 식사를 나누는 모습을
지켜보았다.
　"홍무영을 찾았어?"
　물소리가 나는 샤워룸에서 젖은 머리카락에 목욕타월을
두르고 나온 예인이는 화린을 아무렇지 않게 대했다.
　"와우! 언니는 언제 봐도 피부가 너무 고와요."
　화린의 말처럼 예인이는 실핏줄이 다 보일 정도로 희고
투명한 피부를 가지고 있었다.
　"쓸데없는 소리 하지 말고 묻는 말이나 답해."

화란의 말에 차가운 음성으로 내뱉는 예인이의 말투에는 감정이 없어 보였다.

"아, 예. 알아봤는데, 홍콩에서 마카오로 넘어간 것 같습니다."

"마카오로?"

"홍콩 흑사회의 부탁을 받아 마카오의 14K 부두목의 손을 봐주러 갔다는 말을 들었습니다. 요즘 홍콩의 흑사회와 마카오의 14K가 카지노 문제로 다툼이 있다고 하네요."

홍콩의 흑사회나 마카오의 14K 모두 삼합회 조직이었다.

"흑천과 흑사회가 가까운 사이였어?"

"그건 저도 잘 모르는 일이에요. 하지만 홍무영 장로가 몇 번 홍콩과 대만을 오고 간 일이 있었어요. 중국에서도 가끔 사람이 와서 홍무영 장로를 만나기도 했으니까요."

"음, 놈을 쫓아 우리도 마카오로 넘어가야겠어."

"그럼, 백천결은 어떻게 하실 생각이세요?"

화린은 서슴없이 흑천의 호법인 백천결의 이름을 불렀다.

예전 같으면 상상을 할 수 없는 일이었다. 더구나 화린이 송예인을 돕는 모습 또한 말이다.

"그 멍청이를 이용할 방법은 좀 더 생각해 보지."

"깔깔깔! 대단하세요. 호법을 한순간에 멍청이로 만들어

버리셨어요. 그게 제가 언니를 따르는 이유이기도 하고
요."

송예인의 말에 화린은 큰 소리로 웃으며 말했다.

"후후! 넌 누구든 배신할 타입이야."

"전 강함이 좋아요. 어느 누구도 따를 수 없는 압도적인
강함을요. 그걸 마녀인 언니가 갖고 계신 거예요."

"널 살려둔 이유이기도 하지."

송예인은 화려하게 변신한 화린의 얼굴을 애완견처럼 쓰
다듬으며 말했다.

그런 예인이의 행동에 화린은 주인에게 귀염받는 강아지
처럼 활짝 웃었다.

*　　　　*　　　　*

백천결은 송예인과의 만남 이후 그녀를 잊을 수가 없었
다.

홍무영 장로를 찾는 시간보다 송예인의 모습이 떠올리는
시간이 더 많아졌다.

"후! 이거 상사병이 제대로 걸렸네."

한숨을 내쉬는 백천결의 손에는 자신과 함께 환한 표정
으로 웃고 있는 송예인의 모습이 담긴 사진이 들려 있었다.

송예인과 식사를 마치고 나오는 길에 거리의 사진사가 찍은 사진이었다.

"보면 볼수록 빠져들게 하는 마력을 지닌 여자야."

사진 속 예인이를 뚫어지게 쳐다보던 백천결은 사진을 자신의 지갑에 넣고는 부둣가의 낡은 창고로 향했다.

환하게 켜져 있는 창고에는 스무 명의 사내들이 시끄럽게 떠들며 일을 하고 있었다.

입구에는 네 명의 사내가 어정쩡한 모습으로 경비를 서듯 서 있었다.

"어이! 저리로 가."

그중 한 사내가 창고로 방향으로 걸어오는 백천결을 보고는 소리쳤다.

"……."

그런 사내의 소리를 듣지 못한 것처럼 백천결은 계속해서 창고 쪽으로 걸어갔다.

그러자 경비를 서던 사내 하나가 창고 안으로 소리를 질렀고 일곱 명의 사내가 커다란 정글도를 가지고 나왔다.

"저 새끼 뭐냐?"

"조방(潮幇)에서 보낸 놈인가?"

창고에서 마약 거래를 준비 중인 화합도(和合圖)는 홍콩의 3대 조직 중 하나였다.

"혼자서 여길 오다니. 하여간 어떤 놈인지 간덩이는 크군."

걸어오는 백천결을 바라보며 사내들은 여유롭게 대화를 이어갔다.

"정원홍을 만나러 왔다."

백천결은 사내들이 있는 곳까지 와서는 조금은 어눌한 광둥어로 말했다.

"뭐?"

"정원홍이 여기 있다는 소리를 듣고 왔다."

"하하하! 어디서 보낸 놈이길래 이렇게 겁대가리가 없을까?"

다른 사내들과 달리 검은색 슈트를 입고 있는 사내가 백천결의 주위를 돌며 말했다.

"정원홍을 만나게 해주면 아무 일도 없을 것이다."

"크하하하! 이거 내가 코미디 프로를 보고 있는 건 아니겠지? 정원홍이 누군지 알고서 함부로 주둥아리를 놀리는 건지 모르겠네."

슈트를 입은 사내는 백천결의 말에 더욱 크게 웃으며 말했다.

"하하하! 제대로 미친놈인 것 같습니다."

주변 사내들도 사내의 말에 함께 웃으며 말했다.

사내들의 표정에서 긴장감이라고는 전혀 느껴지지 않았다.

 정말 백천결을 미친놈으로 취급하는 분위기였다.

 "하하하! 우릴 웃게 해주었으니까, 팔 하나만 잘라서 보낼까요?"

 "그렇게 해. 미친놈을 죽여봤자 손만 더러워져."

 말을 마친 사내는 별일 아니라는 듯이 다시금 창고 안으로 들어가려 했다.

 "한 번만 더 말하겠다. 정원홍에게 안내해라."

 백천결은 창고로 들어가는 사내를 향해 말했다.

 "하하하! 이거 안 되겠군. 다리 하나를 더 추가해."

 사내가 웃으면서 말을 마치는 순간 백천결이 움직였다.

 컥! 흑!

 아악! 아아악!

 곧이어 들려오는 것은 참혹한 비명들이었다.

Chapter 6

　이라크에 들어온 2천 명의 코사크 전투부대는 수도인 바그다드와 모술, 그리고 바스라에 배치되었다.

　이 세 도시에 룩오일NY와 닉스홀딩스 산하 기업들이 현지 지사를 설치할 예정이다.

　코사크 전투부대와 코사크 타격대 4팀은 이들 기업의 안전과 함께 쿠사이 대통령의 신변 보호에도 힘을 쏟을 예정이다.

　이라크는 적극적으로 UN의 무기 사찰에 협조하겠다는 말과 함께 그동안 접근을 허락하지 않던 군기지도 개방하는 모습을 보여주었다.

지금의 이라크군 전력으로는 미국과 영국을 상대할 수 없을 뿐만 아니라 국경을 맞대고 있는 사우디아라비아와 쿠웨이트, 그리고 군사 강국인 터키에 한참 밀리는 형세였다.

낡을 대로 낡은 군사 장비들과 부품을 구하지 못해서 날지 못하는 비행기 등 모든 것을 새롭게 갖추어야 할 시기였다.

쿠웨이트를 침공할 당시의 강력한 군사력을 지닌 이라크가 아니었다.

최신 무기로 무장해 가는 쿠웨이트와 사우디아라비아처럼 이라크도 최신 무기를 공급받길 원했다.

바그다드 중심가에 자리 잡은 9층 건물과 창고를 이라크 정부로부터 무상으로 불하받았다.

이곳에 도시락과 닉스제약, 닉스E&C의 지사가 입주했고, 창고에는 도시락마트가 임시 형태로 문을 열었다.

한국과 러시아에서 들여온 도시락 제품들과 생활용품들을 판매하는 도시락마트는 문을 열자마자 수많은 시민들로 문전성시를 이루었다.

단 3일 만에 공급된 물품들이 모두 동나고 말았다.

2차 물품이 공급되는 시기에 맞추어 물건의 판매가 이루어질 것이라는 예상을 뛰어넘는 판매였다.

미국과 영국이 주도하는 국제 제재로 인해 이라크에는 생활에 필요한 주요 물품들이 제대로 공급이 이루어지지 않았었다.

"2차 공급 물량이 어제 출발했습니다. 신의주 특별행정구에서 생산된 물품들과 국내 업체에서 생산된 생필품이 1차 공급 때보다 3배 이상의 물량으로 공급됩니다."

김동진 비서실장의 보고였다. 이번 달까지 이라크에 머물면서 쿠사이 정권의 안정을 돕기로 했다.

"좀 더 서둘러야겠습니다. 바그다드뿐만 아니라 모술과 팔루자, 키르쿠크, 와시트에도 물자 공급이 이루어져야 합니다."

이라크 안정의 최우선은 국민들이 생활에 필요한 식량과 생필품들을 풍족하게 공급하는 것이다.

이미 공급된 생필품들은 순식간에 팔려 나갔다.

"예, 지속적인 공급을 위해 신의주 특별행정구에서 생산되는 물품들 중 일부를 이라크로 돌릴 예정입니다. 가장 필요한 오십여 가지의 생활 필수품들도 생산량을 늘리고 있습니다."

신의주 특별행정구에 입주했던 생활용품 회사들을 인수해 닉스생활로 탈바꿈했다.

닉스생활에서는 치약과 비누, 세제, 화장품, 음료 등 다양한 생활용품을 제조했다.

"의약품에 대한 공급도 더 많아져야 할 것입니다. 이라크 국립 병원과 주요 도시의 병원마다 핵심 약품에 대한 공급을 신속하게 해주길 원하고 있으니까요."

비행기로 수송된 1차 약품들은 파상풍, 고혈압, 고지혈증 관련 약품들과 피부염 치료제, 항생제, 소염제와 수술에 필요한 약품들이 공급되었다.

이들 약품도 이라크의 각 지역의 병원에서 빠르게 소진되었다.

"닉스제약에서 3교대로 필요한 의약품을 생산하고 있습니다. 러시아와 중부 아프리카 국가들에 대한 의약품 공급까지 진행하는 상황이라 다시금 공장을 추가로 설립해야 할 것 같습니다."

닉스제약은 지금까지 2개의 공장을 추가로 완공했고, 1개 공장은 올해 새롭게 확장했다.

하지만 지금 국내는 물론 해외에서 폭발적인 인기를 얻고 있는 발기불능 치료제인 슈퍼비아와 이번에 새롭게 공급되는 고지혈증 치료제인 리피타로 인해 정신없이 움직이고 있었다.

여기에 새롭게 시장에 내어놓은 류머티스성 관절염 치료제 닉퓨어도 큰 인기를 얻고 있었다.

"앞으로 북한과 함께 해외 약품 공급은 지속적으로 늘어날 것입니다. 신의주 특별행정구에 제약공장과 연구소 설립을 함께 건립하는 방향으로 추진해 보십시오."

북한에도 의약품 공급이 늘어나고 있었다.

닉스제약은 신약 출시와 함께 충분히 의약품 공급에 대해 준비하고 있었지만, 해외 주문이 이렇게까지 늘어날 것은 예상하지 못했다.

이로 인한 닉스제약의 매출은 국내 제약사 중 2위에서 8위까지의 매출을 합한 것보다 많아졌다.

이러한 결과는 나의 영향력 확대와, 룩오일NY와 협력 관계를 맺은 나라들이 빠르게 늘어났기 때문이었다.

"예, 바로 추진할 수 있도록 하겠습니다."

"쿠웨이트의 반응은 어떻지?"

"아직까지 별다른 반응은 없습니다. 저희와 계약한 사업들도 일정대로 진행하고 있습니다."

루슬란 비서실장의 말이었다.

이라크 정부와 협력 관계를 맺은 사실을 쿠웨이트 정부도 알고 있었다.

"쿠웨이트의 사업도 중요하지만 우린 이라크의 원유를 차지해야만 해. 이것이 향후 이스트와 웨스트와의 싸움에서 큰 무기가 될 것이니까."

이야기를 나누는 룩오일NY와 닉스홀딩스의 비서실장들은 두 세력에 대해 잘 알고 있었다.

이들로 인해 한국과 러시아가 겪고 있는 외환 위기도 의도적으로 일어난 것임을 말이다.

"미국과 영국이 코사크 전투부대의 진출에 격하게 반응한다고 들었습니다. 큰 문제는 없을까요?"

김동진 비서실장이 궁금한 표정으로 물었다.

"자신들이 생각했던 것보다 많은 숫자가 이라크 내에 주둔했기 때문입니다. 더욱이 공습 때문에 코사크 전투부대가 피해를 본다면 러시아가 직접 나설 수도 있으니까요. 하지만 저들의 반발은 이미 시기적으로 늦었습니다."

미국과 영국은 쿠사이를 아직까지 인정하지 않았다.

쿠사이 정권도 사담 후세인 정권의 연장으로 이라크 주민들을 억압하고 민주주의를 후퇴시키고 있다는 말로 대응했다.

"혹시 룩오일NY와 닉스홀딩스에 대한 경제 제재를 가하지는 않을까요?"

"한국과 러시아의 경제 상황이 악화일로에 있기 때문에

추가적인 제재를 가하기는 힘들 것입니다. 더구나 후세인 대통령 시절 중국 기업이 먼저 이라크에 진출해 사업을 진행하는 상황이었습니다. 이들과의 형평성에도 맞지 않습니다. 이와 함께 룩오일NY와 닉스 미국 법인에서 고용한 현지 로비스트들이 열심히 움직이고 있습니다. 들리는 이야기로는 클린턴 행정부 내에서도 이라크와의 관계 개선을 도모해야 한다는 말이 나오고 있습니다."

후세인 대통령 시절에도 중국의 기업들이 이라크와 거래해 미국의 반발을 샀지만 우려했던 것과는 달리 중국 기업 중에서 경제 제재를 당한 기업은 없었다.

더구나 지금 룩오일NY의 진출로 인해 미국 내 기업들은 이라크 내의 이권을 빼앗길 것을 우려하여 클린턴 행정부를 압박하고 있었다.

여기에 미국 국무부와 CIA에서 골칫거리였던 사담 후세인의 사망을 받아들이는 분위기가 형성되고 있었다.

* * *

홍콩 삼합회 중 하나인 화합도가 운영하는 창고 하나가 단 한 사람에게 박살이 났다는 소문이 삼합회에 순식간에 퍼졌다.

창고에는 30명의 인원이 있었고 권총까지 꺼내 들었지만 무참하게 당하고 말았다.

권총을 꺼낸 두 명의 사내는 다시는 오른팔을 들어 올릴 수 없게 되었고, 싸움에 참여한 다섯 명의 인물들도 다리병신이 되었다.

이들을 이끌던 정윙홍만이 아무런 부상이 없었지만, 그는 벌어진 일에 대해서 단 한마디도 하지 않았다.

마카오행 비행기에 오른 백천결은 멀어지는 홍콩 반도에서 눈을 떼지 못했다.

"아쉽군. 한국의 연락처라도 물었어야 했는데……."

홍콩을 떠나기 전에 송예인이 묵었던 호텔을 찾았지만, 그녀는 이미 호텔을 떠난 상태였다.

"후! 남은 건 이것뿐인가?"

셔츠 호주머니에서 꺼낸 사진 속 송예인은 자신을 향해 활짝 웃고 있는 것 같았다.

그녀 옆에 서 있는 자신은 살짝 굳은 표정으로 사진사를 바라보고 있었다.

"그래도 나쁘지 않았으니……."

백천결은 아쉬움을 뒤로한 채 사진을 호주머니에 다시 넣었다.

이제는 송예인보다는 마카오에 있다는 홍무영 장로에게 집중해야 할 때였다.

홍무영을 찾아서 흑천을 배신한 대가를 받아내야만 했다.

그러나 배신자 홍무영을 처리한 후에 무엇을 해야 할지 아무런 계획도 없었다. 흑천을 재건할 생각도 백천결에는 무의미하게 다가왔다.

*   *   *

새로운 이라크 대통령으로 올라선 쿠사이의 파격적인 행보는 연일 해외 언론에 오르내렸다.

미국의 공습으로 희생당한 바그다드 시민의 가족을 직접 찾아가 위로하고, 부상자들도 이라크 정부에서 책임지고 치료를 해주겠다고 발표했다.

여기에 폭격으로 무너진 건물 현장을 찾아 테러의 위험을 무릅쓰고 직접 삽을 들고서 하루 종일 복구 작업에 참여하는 모습을 보여주었다.

사담 후세인 대통령 시절 시아파 탄압으로 인해 시아파 교도에 의한 테러가 바그다드에서 빈번하게 일어났기 때문이다.

쿠사이가 움직일 때는 대통령 경호원들과 함께 코사크 타격대 2개 팀도 경호를 담당했다.

이와 함께 이라크 국민들에게 약속한 대로 식량과 생필품, 그리고 의약품 공급이 이루어졌다.

풍족한 것은 아니었지만, 이전에 볼 수 없던 상품들과 의약품을 살 수 있게 된 것만으로도 시민들은 크게 기뻐했다.

여기에 생필품과 의약품을 사재기하려던 이라크 관료들을 엄하게 벌하는 모습이 TV로 전해지자 쿠사이의 인기가 빠르게 상승하고 있었다.

쿠르드족과도 탄압이 아닌 협상을 통한 문제 해결을 천명했고, 쿠르드족이 주로 거주하는 키르쿠크와 아르빌에 대한 지원을 강화할 것이라고 발표했다.

두 도시에서 올해 안으로 병원과 학교, 그리고 수도시설에 대한 공사가 시작될 예정이다.

"저희 때문에 강 회장님께 문제가 생기는 것이 아닌지 모르겠습니다."

"하하! 아닙니다. 이라크의 변화가 저희에게도 이익이 되기 때문에 일을 하는 것입니다. 변화와 발전이 없는 이라크는 전쟁으로 치달을 수밖에 없으니까요."

이라크에 머무는 동안 쿠사이와 자주 만남을 갖고 이라

크의 발전과 국제 정세에 관해 이야기를 나누었다.

"맞는 말씀입니다. 이제라도 이라크가 눈을 뜬 것은 강회장님 덕분입니다. 미국이 얼마나 치밀하게 우리를 침공하기 위한 준비를 해나가고 있는지 몰랐다면 저 또한 쉽게 움직이지 못했을 것입니다."

쿠사이에게 전달된 정보들은 코사크 정보센터에서 입수한 정보뿐만 아니라 내가 알고 있는 미래에 관한 일들도 들어 있었다.

이러한 정보는 미국이 이라크를 반드시 침공할 것이라는 확신을 쿠사이에게 주었다.

"이라크뿐만이 아닙니다. 현재 경제적인 어려움에 빠져 있는 한국과 러시아 또한 치밀한 계획에 따라 이루어진 일들입니다. 총칼을 들고 쳐들어오는 것만이 침공이 아닙니다. 두 나라의 미래를 지배하려는 세력들에 의한 경제 침공 또한 전쟁 못지않은 참혹한 결과를 가져옵니다."

"저도 한국과 러시아가 겪고 있는 경제적 어려움을 듣고 있습니다. 그 많은 기업들이 한순간에 무너질 수 있었다는 게 놀라울 뿐입니다."

이라크에 진출했던 현대건설을 비롯한 중동에서 친숙한 대우건설, 동아건설, 쌍용건설도 흔들리고 있었다.

"기업을 끝없이 성장시키겠다는 과도한 욕심에 따른 결

과이기도 하지만 그러한 환경을 만들어놓은 국제 투기세력들의 의도적인 움직임도 크게 한몫했습니다. 여기에 정부 관계자들의 무능 또한 위기를 현실로 만들어 버렸습니다. 이라크도 한국과 러시아가 현재 처한 상황을 면밀히 분석해서 교훈으로 삼아야 합니다."

"예, 외부적인 요인도 있겠지만, 내부적인 요인도 무시할 수 없었겠지요. 이라크의 관료들도 하루라도 빨리 정신을 차렸으면 좋겠습니다. 저 혼자서는 모든 것을 할 수 없으니 말입니다."

"맞는 말씀입니다. 외부의 적보다 내부의 적이 더 무서운 법입니다. 이라크의 변혁은 너무 서두르지도, 그렇다고 늦어져서도 안 됩니다. 대통령님께서 중심을 가지시고, 이라크가 처한 현실을 올바르게 인지하시고 국민과 소통하시면 됩니다. 차근차근 인재를 육성하시고 비리를 저지른 관리들을 과감하게 쳐내야 합니다. 그것이 강한 나라를 만드는 첫걸음입니다."

내가 한국과 러시아에서 하고 싶은 일들이지만 모든 것을 내 뜻대로 할 수는 없었다.

"하하하! 정말이지 강 회장님을 만날 수 있었다는 것은 알라신의 축복입니다. 이라크가 새롭게 일어날 수 있게 끝까지 함께해 주십시오."

쿠사이는 호쾌하게 웃으며 말했다.

"물론입니다. 대통령님께서 지금의 마음을 잃지 않으신다면 말입니다."

나는 쿠사이 대통령에게 가장 직설적인 말을 할 수 있는 사람이었다.

"제 초심을 잃는 것보다 강 회장님을 잃지 않도록 할 것입니다."

쿠사이 대통령은 나를 친근하게 바라보며 강한 어조로 말했다. 이 대답은 그가 나를 얼마나 신뢰하고 있는지를 알게 해주는 것이기도 했다.

*   *   *

이라크에 머무는 동안 한국과 러시아의 경제는 나날이 악화일로에 있었다.

기업들의 투자 위축과 수출 감소에 이어 소비까지 줄어들면서 실물경제가 총체적인 붕괴를 맞이하고 있었다.

이 때문에 정부의 노력으로 다소 주춤하던 어음 부도율이 다시금 상승하기 시작했다.

이러한 어려움을 피부로 직접 겪고 있는 국민들은 소득 감소와 함께 부동산과 주식 등의 자산 가치 하락(디플레이선)에 따른 소비 위축을 경험하고 있었다.

제조업 기반이 무너지는 전조까지 보이는 최악의 소비불황은 한국 경제가 최소한 유지해야 할 자생력을 뒤흔들었고, 사회마저 불안해질 수 있는 요소로 작용했다.

문제는 주먹구구식의 구조조정이 이루어지고 있는 상황에서 IMF가 요구하는 대기업의 부채 비율을 200%, 은행의 국제결제은행(BIS) 자기자본비율 8%를 충족해야 하는 현실은 사실상 달성하기 힘든 목표였다.

잠시 나아진 경제 상황에 맞추어 회사채를 발행해 구조조정을 진행하려던 기업들의 계획도 어려움에 봉착했다.

구조조정을 통하여 회사를 퇴직하는 중간 퇴직자들의 정산과 계열사의 분사(分社)에도 적잖은 자금이 소요되기 때문이다.

"회장님 얼굴 보기가 너무 힘들지 않아?"

비서실에서 함께 근무하는 윤혜정이 가인이에게 물었다.

서혜정은 가인이보다 3달 먼저 입사했지만, 동갑이라 쉽게 친해졌다.

"회사가 국내에만 있는 게 아니잖아."

"그래도. 회장 비서실에 근무하고 나서 딱 두 번만 얼굴을 봤다니까."

"너무 바쁘기는 하지. 얼굴 보기도 쉽지 않고."

서혜정의 말에 가인이는 뭔가 아쉬운 듯한 표정으로 말했다.

"우리야 회장님이 없으니까 편하기는 하지만 그래도 얼굴은 가끔 봤으면 좋겠어."

"회장님은 어떤 사람이야?"

가인이는 뭔가를 생각하는 표정의 윤혜정에게 질문을 던졌다.

"뭐랄까? 사내다움… 아니야, 그것보다는 카리스마가 넘친다고 해야 할까? 난 처음 보자마자 숨이 턱하고 막히더라고."

"그 정도야?"

"말도 마라. 비서실에 근무하는 여직원치고 회장님을 좋아하지 않는 사람이 없다니까. 뭐, 다들 혼자 마음속으로 애끓는 짝사랑이기는 하지만."

"회장님은 여자 친구가 없대?"

"그건 잘 모르지. 본인 입으로 말하기 전까지는 여자 친구가 있는지 없는지는 알 수 없잖아."

"후후! 그렇긴 하네."

"비서실은 일이 힘든 게 아니라 회장님에 대한 가슴앓이가 힘들어. 너도 빠져들지 않게 조심해. 뭐, 그게 마음대로 되지는 않겠지만."

서혜정은 가인이를 걱정하듯이 말했다.

그녀가 말한 것처럼 회장 비서실은 물론 닉스홀딩스 내에서도 젊은 총각인 강태수 회장을 사모하는 여직원들이 적지 않았다.

젊은 나이에 굴지의 닉스홀딩스를 이끄는 그의 뛰어난 경영 능력과 사람을 끌어당기는 매력이 여직원들의 마음을 흔들어놓았다.

거기에 선 굵은 외모와 건강해 보이는 모습 또한 보기 좋았다.

'이렇게나 인기가 있었나? 음, 갖춘 능력 때문에 보는 눈도 바뀌놓는 것이겠지만⋯⋯.'

"난 괜찮아. 사귀는 사람이 있거든."

"난 없겠니. 오르지 못할 나무겠지만, 혹시 신데렐라가 될 수 있지 않을까 하는 꿈을 꿀 수는 있잖아. 요즘 같은 세상에 능력 있고 돈 있는 사람이 장땡이야."

서혜정의 말처럼 IMF로 인해서 사람들의 결혼관이 바뀌었다.

절대로 망하지 않을 것이라고 여겼던 은행과 대기업이 무너지는 것을 본 사람들은 안정적인 삶과 부를 동경하게 되었다.

서민적인 삶과 애환을 그리던 TV 드라마에서도 점차 신데렐라처럼 왕자를 만나 새로운 삶을 살게 되는 내용이 큰 인기를 얻었다.

이 모든 것이 IMF 관리체제가 만들어낸 트렌드이기도 했다.

＊　　　＊　　　＊

바그다드를 흐르는 티그리스강을 바라보며 많은 생각이 들었다.

인류 최초의 메소포타미아 문명이 탄생한 곳이기도 한 강물은 수천 년을 지나도 변함없이 흘러가고 있었다.

사담 후세인 대통령은 이곳을 바라보며 이라크의 부흥을 꿈꿔왔다.

하지만 그가 생각한 부흥을 위해 그를 반대하는 수많은 인물들이 감옥이나 국외로 강제로 추방되는 아픔을 맛보아야만 했다.

"쿠사이가 아직은 잘 해내는 것 같습니다."

김만철 경호실장이 시원한 맥주를 입으로 가져가며 말했다.

"아버지의 잔재를 지워야 한다는 것이 그의 숙제입니다. 후세인을 따르던 바트당 강경파 인물들의 처리도 해결해야 하니까요. 그들 중 일부가 후세인의 죽음에 의구심을 품고 있습니다."

이라크의 권력을 잡고 있는 바트당의 강경파들은 후세인에게 충성했고, 그와 함께 동고동락하면서 권력을 함께 누렸다.

하지만 새롭게 이라크의 대통령으로 올라선 쿠사이는 이들과 거리를 두면서 새로운 인물들과 함께 이라크를 재건하길 원했다.

"정말이지 지금 생각해도 아이러니합니다. 아들이 아버지를 물러날 수밖에 없게 만들다니."

"이라크를 전쟁으로 몰고 갈 수는 없으니까요. 쿠사이는 이라크군이 허수아비와 같다는 것을 잘 알고 있었습니다. 전쟁이 나면 후세인을 위해 목숨 걸고 싸울 병사가 없다는 사실도 말입니다."

자국민이나 중동국가들에나 큰 목소리를 내는 군대일 뿐이었다.

전쟁의 경험이 풍부하기는 해도 사병처럼 길러진 몇몇 부대를 빼고는 사기가 형편없었고, 시대에 뒤떨어지는 낡은 무기로 무장한 군대일 뿐이었다.

"회장님께서는 전쟁이 벌어진다는 확신을 갖고서 움직이신 것 같습니다."

"예, 후세인이 있었다면 전쟁은 100% 피할 수 없었을 것입니다. 미국과 영국을 움직이고 있는 웨스트와 이스트는 이라크의 석유는 물론 중동의 원유를 손에 넣고 움직이려는 계획이었습니다. 러시아의 석유와 천연가스를 손에 넣으려는 계획 또한 저로 인해서 틀어졌기 때문에 더더욱 이라크를 차지하려고 했을 것입니다."

구소련의 붕괴 이후 혼돈과 혼란에 빠진 러시아의 에너지 기업들을 손에 넣기 위해서 웨스트가 주축이 되어 움직였다.

이러한 혼란 속에서 나를 이용하려 했지만, 그들이 원하는 결과는 얻지 못한 채 오히려 룩오일NY를 더욱 성장하게 만드는 발판이 되었다.

"미국이 이대로 물러날까요?"

"러시아와 전쟁을 할 수는 없으니까요. 그리고 조만간 미국도 자국 경제에 눈을 돌릴 수밖에 없을 것입니다."

조만간 터질 러시아발 핵폭탄이 미국에 어떤 타격을 줄지 머릿속에서 그려보았다.

이로 인해 발생할 소빈뱅크의 천문학적인 이익도 말이다.

*　　　　*　　　　*

　CIA의 테닛 국장은 머리가 복잡했다.

　사담 후세인의 장남인 우다이가 진행한 쿠데타로 사망했다.

　이 과정에서 차남인 쿠사이가 우다이의 쿠데타를 막아낸 후 대통령에 올라선 일련의 사태가 왠지 잘 짜인 각본처럼 보였기 때문이다.

　장남인 우다이가 갑작스럽게 쿠데타를 일으킨 이유도 부족했고 후세인의 사망도 믿기지 않았다.

　문제는 이라크에서 들어오는 정보가 부족해 사태를 파악하기 힘들다는 것이다. 여기에 정보원을 파견하기도 어려운 상황으로 바뀌었다.

　사우디아라비아에 머물던 정보팀이 이라크로 침입하다 발각되어 2명이 사살되는 일이 발생하기도 했다.

　"터키에서 요원들이 빠져나가자 벌어진 일입니다. 분명 쿠데타를 가장한 계획적인 사건입니다. 더구나 우다이는 쿠데타를 벌일 능력이 없었습니다. 그를 따르고 지지하는 군부 세력도 미비할뿐더러 사담 페다인 부대 또한 명목상

지휘자일 뿐입니다."

CIA 중동 책임자인 피터 버그의 말이었다.

"음, 쿠데타로 보기에도 너무 어설픈 모양새야. 하지만 후세인의 죽음은 이미 공표되었고 쿠사이가 정권을 안정적으로 잡았잖아. 후세인의 죽음의 미심쩍긴 해도 쿠사이를 지지하는 이라크 국민이 빠르게 늘고 있어. 시아파와 쿠르드족과의 관계 개선이 빨라지고 있는 것도 쿠사이가 이라크의 핵심 권력을 마음먹은 대로 움직인다고 볼 수 있잖아."

"그렇다고 이대로 두고 볼 수 없는 노릇입니다. 애써 만들어놓은 중동의 교두보가 이번 사태로 흔들릴 수 있습니다."

새롭게 부국장에 오른 스티븐의 말이었다.

"하지만 쿠사이가 보여주고 있는 모습은 후세인과 다르다는 것이 국무부의 이야기야. 화학무기와 스커드B 미사일을 포기하겠다고 하잖아. 이런 상황에서 강경한 자세로 나가기는 힘들어. 클린턴 대통령도 이런 쿠사이의 모습에 호감을 드러내고 있으니까. 상황을 바꾸려면 대통령을 설득할 수 있는 정보가 필요해."

CIA는 여러 가지 상황을 고려할 때 후세인이 죽지 않았을 수도 있다는 판단을 내렸다.

갑작스러운 후세인의 죽음은 이라크에 가해지는 국제 제

재를 피하기 위한 계획적인 쿠데타라는 견해를 펴는 인물
도 있었다.

하지만 문제는 그에 대한 증거와 정보가 부족하다는 것
이다.

"모사드와 협력해 정보를 입수하고 있습니다. 문제는 코
사크가 이라크에 전투부대를 보냈다는 것입니다. 사진에
보시는 것처럼 휴대용 대공미사일로 보이는… 더구나 러시
아가 이번에 새로운 휴대용 대공미사일을 개발했다는 첩보
가 있습니다."

첩보위성으로 찍은 사진에는 휴대용 대공미사일을 설치
하는 듯한 모습이 보였다.

위장막으로 가려지긴 했어도 여러 정황상 휴대용 대공미
사일로 보기에 타당했다.

"코사크가 새로운 대공미사일을 이라크에 가져갔다는 말
이야?"

"그건 좀 더 확인을 해봐야 하는 일입니다. 하지만 러시
아의 기업을 보호하기 위한 병력치고는 너무 과한 숫자입
니다. 주둔 중인 장소도 이라크의 주요 군사거점 지역과 이
라크 정부의 핵심 건물이라는 것이 문제입니다."

"이라크에 들어간 코사크 병력이 얼마나 되지?"

중동 책임자인 피터의 말에 테닛 국장의 미간이 좁혀

졌다.

"1천 명에서 최대 2천 명까지 보고 있습니다."

"음, 이라크 정부가 코사크와 계약을 체결한 상태인가?"

"공식적인 발표는 하지 않고 있지만 그럴 가능성이 큽니다."

"코사크는 이미 국제적으로 공인된 민간 군사 경비 업체잖아. 불법적인 일을 벌이지 않는 이상 우리가 그들의 움직임을 제지할 방법은 현재로서는 없어."

코사크가 국제적인 민간 군사 경비 업체로 인정을 받은 계기는 미국으로의 진출과 서유럽의 은행들과의 계약 때문이었다.

이러한 진출에 힘을 실어준 인물이 바로 CIA의 테닛 국장이었다.

에임스 부국장의 처리와 함께 도널드 그레그 동유럽 현장 책임자의 석방을 위해 코사크를 받아들였다는 내막을 함께한 인물들은 알지 못했다.

이것은 곧 CIA를 원래대로 돌려놓으려는 조치였고, 클린턴 대통령의 재가를 받고 움직인 일이었다.

"코사크가 이런 형태로 세력이 확대된다면 앞으로 더 큰 문제가 발생할 수 있습니다. 코사크의 뒤에는 러시아가 있습니다."

'음, 러시아를 움직이는 표도르 강이 있겠지……'

"코사크가 러시아에 본사를 두고 있는 회사이긴 해도 러시아 정부가 코사크를 좌지우지할 수는 없어. 러시아 정부는 지금 그럴 능력도 경황도 없잖아. 코사크는 돈을 받고 움직이는 회사일 뿐이야."

러시아는 러시아군 장교와 사병들의 월급도 주지 못하는 상황에서 대규모로 움직이는 군사작전을 펼칠 수 없었다.

러시아 군대를 이빨과 발톱이 다 빠져 버린 곰으로 치부하기까지 했다.

"테닛 국장님의 말씀이 맞습니다. 코사크는 러시아 정부와 완전히 분리된 별개의 이익집단이라고 보시면 됩니다. 이익이 되지 않으면 움직이지 않는 회사일 뿐이지, 러시아 정부의 명령으로 활동하지는 않습니다. 저는 오히려 코사크가 커지면 러시아 정부의 부담이 더욱 가중되리라 봅니다. 정부의 의사와 상관없이 움직이는 민간 군사 경비 업체는 너무나 부담스러운 존재이니까요."

테닛 국장의 말을 적극적으로 동조하고 나선 인물은 CIA로 복귀한 동유럽 현장 책임자인 도널드 그레그였다.

그레그는 CIA로 돌아온 이후 유럽 책임자로 한 단계 상승했다.

"코사크를 견제할 이유가 없다는 말입니까?"

"지금은 그렇다고 봅니다. 코사크를 통해서 러시아를 견제할 상황을 연출하는 것이 우리에게는 좀 더 유리하지 않을까요? 지금 손발의 발톱이 다 빠진 러시아는 남은 가죽마저 벗겨질 상황입니다."

부국장인 스티븐의 말에 그레그는 자신감 있게 말했다.

지금 회의석상에 있는 그 어떤 인물들보다 러시아를 잘 아는 인물이 그레그였다.

"러시아가 무너지면 코사크는 물론 룩오일NY도 지금처럼 승승장구할 수 없겠지. 지금은 이라크에 돈을 쓰게 만드는 것이 오히려 더 나을 수도 있어. 한국이나 러시아나 결국은 우리 손안에서 놀아날 거니까."

테닛 국장의 말에 회의실에 있던 사람들의 고개가 끄덕여졌다.

테닛 국장의 말처럼 두 나라가 처한 경제 상황은 말기 암환자처럼 최악으로 치닫고 있었다.

Chapter 7

모스크바와 상트페테르부르크에서 상점이 약탈당하는 사건이 일어났다.

회복되지 않는 경제 사정으로 인해 회사와 공장에서 쫓겨난 시민들과 국영기업의 종사자들이 체불 임금에 항의하는 집회를 열다가 폭동으로 이어진 것이다.

하루가 다르게 떨어지는 루블화와 감당할 수 없을 정도로 치솟는 물가로 인해 서민들의 생활은 점점 수렁에 빠져들고 있었다.

연초보다 20% 이상 평가절하된 루블화로 월급을 받은 사람들은 급여가 20%나 줄어든 상황이 되었다.

여기에 식량과 함께 대부분 수입에 의존하는 생활용품의 가격이 천정부지로 치솟자, 사람들이 월급을 받자마자 사재기를 하는 통에 물가가 더욱 치솟는 악순환이 일어났다.

러시아 정부의 재정 수입에 대다수를 차지하는 원유 판매가 국제유가 하락으로 타격을 받은 것이 경제 상황을 더욱 악화시켰다.

이러한 상황에 외국 금융기관은 러시아 국채와 주식 등 루블화 표시 자산들을 대거 매각하기 시작했다.

외신들은 이미 러시아 정부는 외채 상환과 루블화 방어 능력을 잃었다는 평가까지 하고 있었다.

"경찰이 오기 전에 빨리 담아."

군중심리는 무서웠다.

시위자 중 하나가 상점에 돌을 던졌고, 유리창이 깨지는 순간 진열대에 놓인 물건을 누군가가 집어가자 너 나 할 것 없이 상점으로 몰려들었다.

"아악! 너희 모두 강도야!"

몰려든 사람들을 향해 소리를 지르는 상점 주인은 무엇 하나 할 수 있는 것이 없었다.

수십 명에서 수백 명이 한꺼번에 약탈에 동참했기 때문

이다.

집회의 질서를 유지하던 경찰도 갑작스럽게 약탈자로 변한 시민들을 제지하지 못했다.

수십 명의 경찰로는 수천 명의 사람들을 감당할 수 없었다.

옆 상점이 털리는 순간 도미노처럼 주변 상점들로 약탈이 번져갔다.

"통조림도 집어."

"이럴 줄 알았으면 가방을 가져오는 건데."

사람들은 약탈을 즐기는 듯이 손에 잡히는 대로 물건을 집어 들었다.

그때였다.

탕! 탕!

총소리가 들려왔다.

마피아가 운영하는 상점을 약탈하던 사람들에게 조직원이 총을 쏜 것이다.

총소리에 사람들은 상점을 뛰쳐나왔고 또 다른 약탈자는 상점에 불을 질렀다.

사방에서 사이렌 소리가 들려올 때까지 약탈이 멈추지 않았다.

키리옌코 러시아 연방총리는 약탈이 발생한 이후 특별담화를 발표했다.

약탈에 참여한 자들을 끝까지 추적해서 법의 심판에 세울 것이며 폭동으로 이어지는 집회를 일제 허락하지 않겠다고 했다.

키리옌코는 강경한 태도로 폭도들을 처리할 것임을 천명했고, 상점을 약탈하는 폭도들을 향해 총을 발포하도록 경찰에 주문했다.

하지만 시위가 약탈로 이어지게 만든 국영기업의 체불임금에 대해서는 한마디도 하지 않았고, 대신 러시아의 대외채무에 대한 지불 능력이 충분하다는 말은 여러 번 강조했다.

그는 끝으로 정부가 발행한 10억 달러에 달하는 러시아 국채가 모두 판매했다는 말로 경제 위기는 더는 확대되지 않을 것이라고 확신하듯 말했다.

외국 금융기관의 주된 관심사인 루블화 절하에 대해서도 절대로 있을 수 없는 일이라고 못 박았다.

키리옌코 연방총리의 담화에 이어 경제 관료들도 기자회견을 열어 부족한 식량과 생필품을 더욱 확대 공급할 것이라고 말했다.

이와 함께 경제 부양과 루블화 안정을 위해 국제통화기

금(IMF)에서 앞으로 2년간에 걸쳐 226억 달러에 달하는 구제금융을 지원받기로 하는 협상이 마무리 단계라고 발표했다.

이것은 불안한 모습을 보이는 루블화에 대한 절하는 있을 수 없는 일이라고 확언하는 발표이기도 했다.

이러한 키리엔코 총리의 발언과 정부 관계자의 발표에 외국 금융기관들은 시장에 팔려고 했던 러시아 채권을 다시 거둬들였다.

주식시장도 IMF 구제금융 확보에 대한 강한 기대감으로 주가가 8% 이상 치솟았다.

러시아 정부는 국채 수익률을 연 50%나 보장해 주었다.

설사 국채 가격이 떨어지더라도 채권 증서만 가지고 있으면 1년에 50%의 이익을 얻을 수 있는, 땅 짚고 헤엄치는 장사였다.

50%의 수익은 어디에서도 쉽게 얻을 수 없는 이익이기도 했다.

골드만삭스, 체이스맨해튼, 씨티은행 등 월가 굴지의 은행들은 러시아 국채를 대량 매입했다.

퀀텀 펀드의 조지 소로스와 오메가 펀드의 레온 쿠퍼맨, 타이거 펀드, 롱텀 캐피털 매니지먼트(LTCM), 오딧세이펀드 등도 러시아에 투자했다.

러시아의 국채는 러시아 정부를 옥죄는 무기로 사용될
수 있기 때문이었다.

*   *   *

"키리엔코 총리가 계획대로 움직여 주었습니다. 모스크
바와 상트페테르부르크에서 약탈과 소요가 있었지만 다른
도시로는 확대되지 않았습니다."

루슬란 비서실장의 보고였다.

폭동으로는 번지지 않은 이번 소요 사태는 엄밀히 말하
면 계획된 일이기도 했다.

"음, 막바지에 왔어. 이 정도까지 보여줬으니 놈들은 의
심을 거두었을 거야."

경제위기에 따른 약탈과 소요가 발생하자 공산당을 비롯
한 러시아 야당은 대통령 임시대행인 키리엔코 연방총리에
게 헌법상 권한을 대폭 의회에 위임하고 사임하라는 압력
을 가했다.

이와 함께 루블화를 많이 찍어 체불 임금을 해소하고 환
율과 생필품의 가격을 정부가 강력히 통제하는 구소련식
계획경제체제로 복귀하라고 요구했다.

외부에서 보면 러시아는 경제와 정치가 혼란스러워 보

였다.

이러한 상황을 타결하기 위해서도 러시아 정부는 더욱더 외화 차입과 금리 인상을 통해서 외국 자본을 붙잡을 것이라는 견해가 시장에 팽팽했다.

IMF 구제금융을 요청한 러시아는 한국처럼 자본시장을 확대 개방하는 수순으로 갈 수밖에 없었다.

구제금융은 빚의 순환 고리가 완성되는 일이었고, 러시아의 알짜배기 국영기업과 은행들을 헐값에 사들일 기회이기도 했다.

"오메가펀드와 LTCM가 중심이 되어 이번 사태로 가격이 떨어진 러시아 채권을 시장에서 사들이고 있습니다."

롱텀 캐피털 매니지먼트(LTCM)은 블랙—숄즈 옵션가격모델를 이용하여 여러 국가의 국채가격을 산출한 결과 러시아 장기국채가 저평가되었다는 것을 알게 되었다.

블랙—숄즈 옵션가격모델은 옵션의 가격을 결정하기 위한 모형으로 파생상품과 기초자산의 가격, 무위험 수익률, 시간, 변동성으로 이루어진 편미분 방정식이다.

이를 이용해 LTCM은 미국의 T—bond(30년) 가격이 고평가돼, 러시아 국채를 매수하고 미국 국채를 매도하는 국가 간의 채권차익거래를 레버리지(차입) 26배로 투자 진행하고 있었다.

"좋아, 판이 달아올랐으니 소빈뱅크가 가지고 있는 국채도 시장에 던질 시기야."

소빈뱅크는 몇 년간 러시아 국채를 꾸준히 사들였고, 올해 들어서만 50억 달러의 국채를 러시아 정부로부터 매입했다.

소빈뱅크가 현재 보유한 러시아 국채는 180억 달러에 이르렀다.

"놈들이 미끼를 물까요?"

"IMF 구제금융은 아주 달콤하고 맛있는 미끼지. 2년간 받게 되는 226억 달러라면 충분히 외환시장에서 압박을 받고 있는 루블화의 평가절하를 피할 수 있게 보일 테니까."

올해 지원받기로 합의가 이루어지는 자금은 148억 달러였고 내년 중에 78억 달러가 추가 지원될 예정이다.

148억 달러 중 125억 달러를 IMF가 지원하며 17억 달러는 세계은행이, 나머지 6억 달러는 일본이 지원하기로 했다.

러시아 정부는 위기를 키웠던 한국 정부보다 선제적으로 구제금융을 신청했다.

이는 곧 외환시장에서의 루블화 안정을 최우선으로 두고 있다는 것을 시장에 전달하는 효과가 있었다.

"회장님의 말씀대로 시장에서 그렇게 인식할 수도 있겠

습니다."

"저라도 그 정도의 자금이라면 올해는 루블화의 평가절
하가 이루어지지 않겠다는 강한 신호로 보겠습니다."

소빈뱅크 은행장인 이고리와 모스크바 국제금융센터의
마트베이가 내 말에 동조했다.

두 사람의 판단은 국제 금융투자기관들의 평가와도 일맥
상통했다.

"고위 당국자들의 확언 또한 루블화가 지금처럼 유지될
것이라는 판단을 줄 것입니다."

뉴욕을 담당하고 있는 존 스콜로프도 같은 견해를 내어
놓았다.

국제 투자자들과 약속을 깬다는 것은 러시아가 국제 신
뢰를 잃어버린다는 것과 마찬가지의 일이다.

그것은 곧 외화 차입과 러시아 국채를 더는 팔 수 없는
일이 될 수도 있었다.

"이번 일에 모든 것이 걸려 있다. 만약 우리가 무너진다
면 러시아는 물론 한국 경제도 회복 불능의 상태로 무너져
버릴 테니까."

소빈뱅크는 물론 룩오일NY와 닉스홀딩스가 가지고 있는
여유 자금 대다수가 투자되기 때문이다.

죽느냐 사느냐의 한판 승부였다.

＊　　　＊　　　＊

뉴욕의 한 호텔에는 쟁쟁한 금융회사의 CEO들이 모여
있었다.

"러시아는 불타오르는 줄 위에서 올라서서 줄타기를 하
고 있는 형국입니다. 불에 탄 줄이 끊어져 죽든지 아니면
균형을 잃어 떨어져 죽든지 말입니다."

소로스펀드 매니지먼트의 조지 소로스는 느긋한 표정으
로 말했다.

"하하하! 어떻게든 죽을 수밖에 없는 상황이긴 하지요."

소로스의 말에 타이거 매니지먼트의 줄리안 로버트슨 회
장이 말을 받았다.

타이거 매니지먼트는 타이거펀드로 유명하며 단기투자
를 겨냥하는 대표적 헤지펀드의 하나다.

"소빈뱅크가 나서지 않는 걸 보면 러시아의 운명도 올해
로 끝나는 것이겠지요."

오메가펀드를 운영하는 오메가어드바이저스의 리온 쿠
퍼맨도 같은 견해였다.

쿠퍼맨 회장의 말처럼 소빈뱅크는 서서히 러시아 시장에
서 발을 빼는 듯한 모습을 보여주고 있었다.

채권시장에서 미국 월가의 투자은행들과 헤지펀드와 달리 소빈뱅크는 러시아 국채를 내다 팔았다.

"침몰하는 낡은 배에 혼자 올라타서 바가지로 열심히 물을 퍼낸들 상황은 달라지지 않습니다."

오딧세이 매니지먼트를 운영하는 마크 오웬의 말이었다.

그가 운영하는 오디세이펀드는 멕시코 채권과 중국의 비상장 기업의 주식을 통해 큰 수익을 올렸다.

오딧세이펀드는 방에 모인 인물들처럼 러시아 채권과 국영기업을 노리고 있었다.

"우리가 러시아를 생각하는 것은 같습니다. 이 자리에 LTCM은 참석하지 않았지만 존 메리워더 회장은 우리보다 더한 생각을 하고 있습니다. LTCM에서는 러시아 채권 투자로 40%에 달하는 놀라운 수익을 얻었습니다. 그들이 개발한 혁신적인 프로그램을 통해……."

존 메리워더 회장이 1994년 설립한 롱텀 캐피털 매니지먼트(LTCM)는 월가에서 가장 잘나가는 헤지펀드였다.

LTCM은 보수적인 유럽의 은행들도 제발 투자를 받아달라며 돈을 맡기려 줄을 서는 펀드였다.

아무리 이름난 헤지펀드라도 1백만 달러를 하한선으로 회원을 모집하는 데 비해 LTCM은 1천만 달러 이상을 넣어야 투자를 받아들였다.

연간 수수료 역시 다른 헤지펀드들은 총자산의 1%를 받지만, LTCM은 2%로 책정했다.

펀드 수익금도 보통은 20%인 데 비해 LTCM은 25%를 받았다.

LTCM이 큰소리치며 배짱 영업을 할 수 있던 이유는 본격적인 투자에 나선 첫해부터 19.9%라는 고수익을 올렸을 뿐더러, 1995년과 1996년의 수익률은 각각 42.8%와 40%로 어떠한 금융회사도 이루지 못한 투자 성적을 달성해 투자자들의 몸을 더욱 달게 만들었다.

1997년에는 아시아 금융위기의 여파로 수익률이 17.1%로 떨어졌으나 다른 헤지펀드나 월가의 기관 투자자들보다 높았다.

LTCM은 1년에 한 번씩 연말에 투자원금과 이자를 정산하는 통례를 깨고 첫 투자 후 3년 이내에는 돈을 빼 가지 못한다고 못을 박았지만, 투자자들은 그래도 몰려들었다. 미국의 월가는 물론이고 유럽의 상업은행과 심지어 대학 기금까지 돈을 맡기고 있었다.

여기에 LTCM의 공동 파트너인 마이런 숄즈 교수와 로버트 머튼 교수가 파생상품의 가치를 평가하는 새로운 방식으로 1997년도 노벨 경제학상을 수상함으로써 회사의 가치가 더욱 배가되었다.

LTCM의 투자방식은 선도적이고 앞선 방식으로 최고의 경제학자와 금융공학자들이 슈퍼컴퓨터를 돌려서 운영했다.

　　뛰어난 명성과 찬사를 받고 있는 LTCM이 앞장서서 투자한 곳이 바로 러시아였다.

＊　　　＊　　　＊

　　러시아에 도착해서도 이라크의 현지 상황을 계속 주시했다.

　　쿠사이 정부가 일관성 있게 개혁을 추진하기 위해서는 미국의 간섭과 위협에서 벗어나야만 했다.

　　여기에 시아파와 쿠르드족과의 내부적인 통합까지 이루어야만 제대로 된 개혁과 변화를 가져올 수 있었다.

　　이라크에 주둔 중인 코사크 타격대 3개 팀과 2천여 명의 전투부대가 쿠사이를 돕고 있었다.

　　비용 지급은 금괴와 후세인이 숨겨놓았던 비밀 자금을 통해 소빈뱅크에서 처리한다.

　　여기에 25명의 코사크 정보요원들도 파견되어 시아파와 쿠르드족의 움직임과 함께 주변국의 동태를 감시했다.

　　이라크의 수도인 바그다드와 바스라에는 룩오일NY와 닉

스홀딩스 지사가 하나둘 설립되고 있었다.

닉스살루트호텔에서 바라보는 모스크바는 적막했다.

상점의 약탈이 발생한 이후부터 모스크바시가 2주간 야간 통행금지를 선포했기 때문이다.

자정이 넘어가면 특별한 사유 없이는 거리를 다니지 못했다.

그 때문에 대부분의 음식점과 상점들의 불빛이 꺼져 버린 도시는 을씨년스러운 기운마저 감돌았다.

어둠에 잠긴 모스크바를 밝히는 것은 도시를 순찰하는 경찰차의 경광등 불빛이었다.

"쿠데타 이후 모스크바가 어둠에 잠긴 것도 오랜만입니다."

"정말 그때는 전쟁터였잖습니까?"

"그랬죠. 위험을 무릅쓰고 옐친을 구하려고 했던 것이 엊그제 같은데, 벌써 시간이 이렇게 흘렀습니다."

김만철 경호실장과 티토브 정과 함께 목숨을 걸고 옐친을 구하기 위해 두 번이나 몸을 던졌었다.

그 덕분에 옐친은 역사대로 대통령에 올라설 수 있었고, 나 또한 러시아에서의 사업이 날개를 달고 훨훨 날 수 있었다.

"시간이 정말 빨리 흘러가는 것 같습니다. 회장님은 옛날이나 지금이나 목숨이 몇 개나 되는 것처럼 행동하시니, 경호를 담당하고 있는 저로서는 무척 힘이 듭니다."

"하하! 그래서 월급을 많이 드리지 않습니까?"

김만철 경호실장의 연봉은 10억 원에 이르렀다.

여기에 티토브 정과 함께 닉스홀딩스와 룩오일NY의 지분을 가지고 있어, 지분에 따른 배당금이 연봉을 훨씬 넘어섰다.

IMF 관리체제 이후 한국의 기업들은 감봉과 함께 감원 한파가 몰아치면서 임직원들의 월급이 직급에 따라 20~30% 깎였고, 심한 곳은 50~60% 삭감되었다.

그런데도 불만을 표출할 수 있는 상황이 아니었다.

직장을 잃고 거리를 배회하지 않는 것만으로도 감사하게 여겨야 하는 상황이었다.

그러나 닉스홀딩스 산하 기업들은 이러한 상황에서도 매년 각 회사의 성장과 매출 증가에 따라 월급이 계속 상승했다.

"목숨 걸고 일하는 사람인데, 그 정도는 받아야지요."

"야― 아! 호랑이 담배 피우던 시절을 모른다더니, 실장님이 어느새 그렇게 되었습니다. 배가 고파서 쩔쩔매던 시절을 생각하시면 지금은 용이 되신 거지요."

"언제를 말씀하시는지 모르겠습니다. 제가 그런 적이 있었습니까?"

김만철은 능청스럽게 말했다.

"허허! 정말 기억이 나지 않는다고 말하고 싶으신가 봅니다."

"뭐, 그때는 그때고 지금은 지금이지요. 안 그래, 정 부장?"

나와 김만철의 대화를 재미있다는 듯이 보고 있는 티토브 정에게 물었다.

"실장님께서 거지꼴로 블라디보스토크를 배회하셨다는 것을 회장님께 들었지만, 저도 그 모습을 보지 못해서 뭐라고 말할 수가 없네요."

"그것뿐이겠습니까. 김 실장님의 원한 때문에 제가 안동식에게 세 번이나 목숨을 잃을 뻔했으니까요. 그때를 생각하면 정말 등골이 오싹합니다."

김만철과의 인연으로 인해 안동식과 질긴 악연이 시작되었었다.

"여기서 안동식이 왜 나옵니까? 제가 시킨 일도 아닌데."

김만철 비서실장은 머쓱한 표정으로 말했다.

안동식은 나를 비롯한 김만철 비서실장과 떼려야 뗄 수

없는 존재였다.

매번 불사조처럼 살아나서 DR콩고에서까지 우리의 목숨을 노린 복수의 화신이었다.

"하긴 안동식 때문에 김 실장님과 인연이 이어지게 되었으니까요. 어찌 보면 배고프고 힘든 시절이 더 그립기도 합니다. 그때는 열심히 하면 뭔가 희망이 보이고 발전하는 것이 눈에 보였으니까요."

처음 사업을 시작할 때는 내가 러시아까지 오게 될지 몰랐다.

러시아에서의 인연들을 통해서 사업은 감당할 수 없이 커졌고, 이제는 러시아의 총리나 대통령도 내 말을 듣지 않고서는 자리를 보존하기 힘든 위치에 올라섰다.

하지만 그 때문에 나만의 시간을 잃어버렸다.

수십 명을 책임지던 부담감에서 이제는 수십만을 넘어 수백만 명의 사람들까지 나의 판단과 결정으로 인해 운명이 달라질 수 있었다.

그 중압감은 말로 설명할 수 없을 정도의 무게였다.

"지금도 그렇지 않습니까? 회장님이 운영하시는 모든 회사들이 성장하고 있잖습니까?"

김만철이 나의 말이 잘 이해가 되지 않는다는 표정으로 물었다.

"예, 물론 그렇죠. 지금은 그때와는 비교 대상으로 삼을 수 없을 만큼의 높은 성장세와 매출을 기록하고 있으니까요."

"그런데 뭐가 문제시죠? 다 잘되고 있잖습니까?"

"잘되어간다는 것을 서류와 수치상으로만 본다는 것 때문인지 이전과 같은 성취감과 기대감이 잘 느껴지지 않습니다. 더구나 지금까지 이루어놓은 모든 것이 단 한 번에 무너질 수도 있는 도박을 해야만 한다는 것도 솔직히 마음에 들지 않습니다. 그것에서 오는 무게감도 적지 않고요."

이런 속마음을 나눌 수 있는 사람은 오직 김만철과 티토브 정뿐이었다.

러시아와 한국의 운명을 건 승부 때문에 요즘 잠을 잘 자지 못했다.

실패한다면 단순히 룩오일NY와 닉스홀딩스가 무너지는 것이 아니었다.

남들이 부러워하는 힘과 막강한 권한에는 그만한 책임과 무게감이 뒤따른다는 것을 사람들은 잘 알지 못한다.

지금 김만철 비서실장은 이런 중압감과 무게감을 감당하는 날 위해 긴장을 풀어주려고 실없는 농담을 던진 것이다.

수백만 명의 운명이 담긴 주사위를 던져야 하는 것은 그 누구도 아닌 나였기 때문이다.

"회장님은 잘 해내실 것입니다. 어둠이 빛을 이기지 못하는 것처럼 놈들은 회장님을 이길 수 없습니다."

김만철 경호실장의 말이 가슴에 와닿았다.

"그럴까요?"

"불의와 싸운 회장님은 늘 승리하셨습니다. 앞으로 그럴 것입니다."

티토브 정도 나에게 힘을 주는 말을 했다.

두 사람은 늘 나를 지지하고 어려운 순간에도 함께해 주었다.

그 믿음 때문에 어려운 싸움들을 지금껏 이겨낼 수 있었다.

*　　　*　　　*

러시아 국채는 러시아 정부의 루블화에 대한 강한 의지와 함께 IMF 국제금융 협상 타결 소식으로 안정세에 돌아섰다.

러시아의 경제 관계자들은 IMF 국제금융의 융자금 중 상당 금액을 루블화 안정에 투자하겠다는 신호를 기회 있을 때마다 이야기했다.

이것은 곧 러시아 루블화를 인위적으로 평가절하하지 않

겠다는 것이기도 했다.

1998년 1·4분기 러시아의 재정 적자는 GDP의 4.7%로 1997년 8.2%보다 훨씬 개선된 모습이었다.

여기에 세금 지출은 줄어들고 세금 징수가 늘어났다는 소빈금융조세청의 발표가 있었다.

이러한 시그널에 높은 수익률을 제공하는 러시아 국채가 시장에서 다시금 인기를 끌었다.

월가의 펀드와 투자은행, 그리고 독일계 은행들이 러시아 국채를 사들였다.

그러자 루블화도 안정세로 돌아섰고 국채 금리도 40% 아래로 떨어졌다.

심하게 흔들리던 러시아의 경제 상황이 일시적으로 나아지는 기미가 보였다.

마치 엄청난 태풍이 불어오는 상황에서 바람 한 점 불지 않는 태풍의 눈에 잠시 들어온 형국처럼 말이다.

세계적인 은행으로 성장한 러시아의 소빈뱅크도 러시아가 발행하는 신규 국채에 투자하는 모습을 보여주었다.

하지만 한편으로 기존에 보유한 러시아 국채는 시장에 팔고 미국 국채를 사들였다.

이와 함께 외환시장에서 달러를 팔고 엔화를 사들였다. 이러한 움직임에 미국 월가의 주요 투자은행과 대형펀드들은 의구심의 눈으로 쳐다보았지만 소빈뱅크의 의도를 아직은 눈치채지 못했다.

소빈뱅크의 투자는 늘 이변을 연출했고 시장에서 뛰어난 수익률을 올렸기 때문에 시장은 늘 소빈뱅크의 움직임을 주시했다.

"러시아는 자본주의에 편입한 지 얼마 되지 않았기 때문에 한국의 기업들과 달리 해외 단기외채가 그리 큰 규모는 아닙니다. 대신 러시아 정부의 재정 적자가 심각합니다. 작년 말부터 소빈금융조세청이 세제 개혁에 들어가 기업들에게 세금을 걷고 있지만, 그 효과가 제대로 나타나려면 내년이 지나야 할 것입니다. 이 때문에 지금까지 누적된 러시아의 재정 적자는 채권 발생으로 메워왔고 우리는 이 약점을 파고들었습니다. 아시아의 외기를 통해……."

조지 소로스가 웨스트를 이끄는 마스터에게 그동안의 진행 상황을 설명했다.

"러시아가 빌려 간 자금이 얼마나 되지?"

"570억 달러입니다. 이스트가 관리하는 독일계 은행들이 3백억 달러를 융자해 주어 가장 많은 금액을 차지하고 있습니다."

"이스트가 러시아를 양보하지 않겠다는 거군?"

"예, 저희가 진행했던 계획이 실패했기 때문에 이스트와의 계약이 무효가 되었습니다. 지금은 투자한 만큼 가져가는 형국이 되었습니다."

웨스트가 주도한 보수파 쿠데타와 푸틴을 비롯한 크렘린 3인방이 진행한 쿠데타가 연달아 실패했기 때문이다.

"우리도 투자금을 더 늘려."

"그렇지 않아도 퀀텀펀드와 롱텀 캐피털 매니지먼트(LTCM), 그리고 체이스맨해튼이 주축이 되어 러시아 채권을 사들이고 있습니다."

이들뿐만 아니라 월가의 투자은행들과 주요 펀드들은 살이 오른 러시아를 차지하기 위해 투자를 늘렸다.

"소빈뱅크의 움직임은?"

"러시아 채권을 팔고 미국 국채를 매입하고 있습니다. 이와 함께 달러를 팔고 엔화의 비중을 늘리는 모습입니다."

"이유가 뭐지?"

"그동안 소빈뱅크는 러시아 정부의 요청으로 국채 매입을 꾸준히 해오고 있었습니다. 아마도 러시아 국채 가격이 안정되자 분산 투자를 위해서 그동안 매입된 국채를 시장에 내어놓는 것 같습니다. 엔화의 매입 또한 외환시장에 동향의 움직임에 따른 것이지 특별한 점은 없습니다."

"놈들은 언제나 우리의 뒤통수를 쳤어. 다시는 그러한 일이 반복되어서는 안 돼."

"러시아도 한국처럼 저희가 놓아둔 덫에 걸려들었습니다. 러시아 정부의 재정적자는 매년 채권 발생으로 메워왔습니다. 국채발행액은 해마다 눈덩이처럼 불어났고 작년에만 210억 달러에 이르렀습니다. 대부분 1~3년짜리 단기채권이기 때문에 국채 만기가 다가오면 다시 채권을 발행해서 빚을 갚는 구조입니다. 이번 연도가 러시아가 버틸 수 있는 마지막 해입니다. 더는 버틸 힘이 남아 있지 않습니다. 이젠 우리의 요구를 모두 받아들여야만 나라를 유지할 수 있을 것입니다."

소로스의 말처럼 러시아 정부는 빚의 구렁텅이에 빠져 있었고, 정부 예산의 3분의 1을 채권 원리금 상환에 퍼부어야만 했다.

러시아에 자금을 융자해 준 IMF와 세계은행과 같은 국제 금융기구, 그리고 서방의 국채 매입자들에 의해 연명할 수밖에 없는 종속적 자본주의가 굳어져 가는 상황이었다.

러시아를 빚으로 연명하게 만든 이들 모두가 웨스트와 이스트 아래에서 움직이는 금융 집단이었다.

다시 말해 러시아가 발행하는 국채 매입이 서방의 투자자들에게 외면받아 중단될 경우 러시아의 경제는 파국으로 치달을 수밖에 없었다.

"하하하! 이젠 눈엣가시 같던 표도르 강도 끝장이 나겠
군."

한국이 기업들의 외채로 위기를 초래했다면 러시아는 정
부의 부채로 인해 발생할 위기였다.

이것은 각 나라의 경제 상황에 맞추어 잘 설계된 식민경
제 프로젝트였다.

19세기 제국주의 아래에서 팽창하던 식민지 시대가 21세
기를 맞이하면서 웨스트와 이스트에 의해 다시금 경제 식
민지 시대로 새롭게 도래하려고 준비 중이었다.

Chapter 8

　소비는 원래 불확실성이 증대되면 미래를 대비해 줄이는 것이 정상적인 현상이다.

　하지만 소비 위축이 지나칠 경우에는 수요 감소에 따른 기업의 매출 감소로 이어져 기업의 위기와 부도 사태를 발생시킨다.

　이는 다시 실업 증가와 가계 소득의 감소로 이어져 소비가 더욱 위축되는 악순환으로 빠져들게 된다.

　IMF 관리 체제를 받아들인 1997년에 이어 1998년에도 이러한 상황은 나아지긴커녕 더욱 확대되어 전면적인 경기

침체로 나아가고 있었다.

구조조정이 최대 화두인 기업은 투자를 줄이고 가계는 소비와 지출을 줄이는 상황이었기에 당연한 결과였다.

이러한 상황에서도 물가는 7.5%나 상승해 저성장과 고물가 상태인 스태그플레이션이 나타났다.

1998년 투자와 소비는 각각 전년보다 21%와 10%의 큰 폭의 감소를 기록했고, GDP(국민총생산)는 6~7%로 감소할 것이라는 어두운 전망이 나왔다.

월초 잠시 회복하던 주가는 6월 들어 300선 아래까지 폭락한 채 횡보하고 있었다.

주식시장에 신규 자금을 투자할 여력이 한국에는 없어 보였고 외국 투자자들만을 바라보는 형국이었다.

김대중 정부의 노력에도 불구하고 한국 경제는 아직도 안갯속에서 벗어나지 못하고 있었다.

경제 위기를 극복할 유일한 돌파구인 수출 또한 곤두박질치면서 올해 들어 7월까지의 수출이 지난해 같은 기간보다도 13.7%나 감소했다.

그러나 전반적인 경기 침체로 총수출의 감소가 있었지만, 환율 상승으로 인한 감소세는 그리 크지 않은 반면에 수입은 대폭 감소하여 흑자 폭이 커지는 기현상이 일어났다.

7월까지의 누적 수출 실적은 778억 달러였고, 수입 감소로 인한 흑자는 7월까지 188억 달러를 기록했다.

여기에 올 초부터 시작된 금 모으기 운동으로 15억 달러를 수출했다.

국민들은 위기의 나라를 구하기 위해 자신들이 보관 중인 금을 아낌없이 내어놓았다.

경상수지의 흑자는 비정상적인 경제 여건 아래서 일시적으로 나타난 현상이었다.

그나마 경상수지가 큰 폭의 흑자를 내기 시작하면서 외환 보유고가 증가해 외환시장은 조금씩 안정을 되찾고 있었다.

"LG반도체의 인수를 확정 지었습니다."

모스크바로 날아온 블루오션반도체 최영필 대표이사의 보고였다.

삼성전자의 반도체 사업 인수 이후 LG반도체까지 인수하게 되었다.

한때 LG는 그룹의 주력인 전자산업을 키우기 위해 가전과 정보 통신에 기술적 파급 효과가 큰 반도체 사업을 포기할 수 없다는 생각이었다.

하지만 정부의 7개 과잉 중복투자 업종에 대한 사업 맞교

환(빅딜)을 발표하면서 해당 기업들을 전방위로 압박했다.

LG반도체의 금융권 채무는 6조 7천억 원으로 채권단이 신규 여신을 중단하고, 기존 여신을 한꺼번에 회수하면 견딜 수 없는 상황에 부닥칠 수 있기 때문이다.

반도체 경기가 서서히 살아나는 상황에서 LG 반도체는 5백억 원의 흑자를 보고 있었다.

고심 끝에 LG는 반도체를 포기하였고 대신 데이콤의 지분을 보장받았다.

"지분 관계는 어떻게 됩니까?"

"채권단이 출자전환을 통해 49% 지분을 가지고 저희가 51%의 지분과 경영권을 가져오는 거로 했습니다."

블루오션반도체는 5억 3천만 달러의 적은 금액으로 LG반도체를 인수하게 되었다.

이제는 메모리 분야와 통신용 반도체에서 명실공히 세계 최고의 업체로 올라섰다.

시장 점유율도 18%에서 29%로 높아져 시장 지배력과 메모리 가격 결정력이 대폭 강화될 것이다.

퀄컴의 CDMA 칩셋 아시아 판매독점권과 특허수수료 권리를 가진 블루오션반도체는 CDMA 단말기의 판매가 늘수록 매출과 수익이 빠르게 늘어났다.

하지만 퀄컴은 특허사용료까지 블루오션에 넘겨주는 조

건으로 인해 상용화 성공 이후에도 그다지 이익이 발생하지 않았다.

이 때문에 현재 블루오션과 매각 협상을 벌이고 있었다.

"음, 잘되었습니다. 나머지 지분은 천천히 가져와도 되니까요. 현대반도체도 시간이 지나면 우리에게 손을 내밀 것입니다."

현대전자와도 인수 협상을 진행했었지만, 더 나은 조건의 LG반도체를 선택한 것이다.

반도체 경기가 서서히 살아나고는 있지만, 현대전자 또한 독자 생존이 쉽지 않은 상황이었다.

작년 LG반도체와 현대전자는 메모리 가격의 폭락으로 수천억 원대의 적자를 냈다.

더구나 반도체의 특성상 지속적인 시설 투자와 기술 개발이 이루어져야 하지만 현대그룹 또한 구조조정을 진행하는 상황이라 현대전자에 대한 투자 여력이 없었다.

"예, 그에 대한 준비도 진행하고 있습니다."

"중복된 부분은 과감하게 정리해야 하지만 우수한 연구 인력에 대한 관리는 더욱 철저하게 하십시오. 연구·개발에 투자도 더욱 늘리시고요."

"이번 기회에 일본과 대만 업체와의 격차를 더욱 늘릴 생각입니다."

한국 경제 위기를 틈타 일본과 대만의 반도체 업체들이 어려운 상황에서도 투자를 확대하려는 움직임을 보였다.

"위기가 곧 기회입니다. 충분한 자금을 지원해 드릴 테니, 시장 지배력을 더욱 확대하십시오."

닉스홀딩스의 자금력은 국내 어느 기업보다 탄탄했다. 여기에 소빈뱅크의 지원을 받을 수 있다는 것이 무엇보다 강력한 무기였다.

"예, 좋은 모습을 보여 드리겠습니다."

최영필 대표이사는 자신감 넘치는 대답을 했다.

블루오션반도체는 닉스홀딩스의 지원에 힘입어 뛰어난 연구 인력들이 들어오고 있었다.

닉스홀딩스 계열사의 보고와 한국 경제에 대한 보고가 이어졌다.

한국의 경제 상황과는 아랑곳하지 않고, 닉스홀딩스 계열사들의 성장세와 매출은 놀라울 정도로 늘어나고 있었다.

"닉스와 블루오션의 수출이 가파르게 늘어 작년보다 30% 이상 신장했습니다. 7월까지 닉스는 38억 달러를 수출했고, 블루오션은 7억 4천만 달러를 넘어섰습니다. 블루오션반도체도 단말기 수출의 증가와 중국에 대한 수요 증가로 인해서……."

닉스홀딩스 계열사 중 수출을 주도하는 기업은 닉스와 블루오션, 블루오션반도체, 닉스제약, 닉스정유, 도시락, 닉스철강, 닉스케미칼, 닉스커피, 닉스코어 등이 주도했다.

닉스홀딩스는 다른 기업들과 달리 구조조정에 매달리지 않은 채 오로지 수출에 집중할 수 있었다.

"닉스홀딩스 산하 기업들의 수출 금액은 157억 달러로, 연말까지는 250억 달러를 충분히 넘어설 수 있을 것입니다."

한국의 올 수출 목표는 1,440억 달러였다.

닉스홀딩스의 수출 목표는 한국의 전체 수출에 17.4%에 해당하는 놀라운 금액이었다.

이제는 닉스홀딩스를 빼고는 한국 경제를 이야기할 수 없었다.

여기에 미국 닉스법인 산하 기업들의 매출과 이익은 들어가지 않은 상황이었다.

*   *   *

"이거 점점 닉스홀딩스가 공룡이 되어가는군."

블루오션반도체와 LG반도체의 합병 소식에 대산그룹의

이대수 회장은 씁쓸한 표정으로 말했다.

커지는 닉스홀딩스에 비해 대산그룹은 10대 그룹에서도 밀려나고 말았다.

대산그룹은 정부의 퇴출 기업 명단에 3개 회사가 들어가 계열사도 축소되었다.

"현대석유화학도 닉스홀딩스가 노리고 있다는 소문이 있습니다."

"허허! 한화를 먹은 지 얼마나 됐다고, 현대까지 노려. 정말이지 욕심이 대단해. 이러다가 한국에는 닉스홀딩스밖에 남아 있지 않겠어."

"정부에서도 닉스홀딩스에 기대는 모습입니다. 국내 대기업 중 유일하게 구조조정이 없는 기업이라 국민들도 닉스홀딩스에 대한 호감도가 무척이나 높아졌습니다."

정용수 비서실장의 말처럼 연일 언론에 기업들의 부도와 구조조정의 기사들이 도배되는 상황에서 닉스홀딩스 계열사들은 최고 실적과 수출 증가, 그리고 고용을 늘린다는 기사들이 줄을 이었다.

절망적인 경제 상황에서 닉스홀딩스는 국민에게 희망을 주는 기업으로 우뚝 선 것이다.

"마치 이런 일이 일어날 걸 알고 있었던 것처럼 움직이고 있어. 이젠 강태수 회장이 두려울 정도야."

이대수 회장이 처음 강태수를 만났을 때는 전도유망한 젊은 기업인으로만 여겼었다.

하지만 시간이 지날수록 그 평가가 얼마나 잘못된 것인 지를 뼈저리게 느끼게 되었다.

강태수가 손을 대는 사업마다 성공하지 않은 것이 없었 고, 지금은 대한민국이라는 좁은 울타리를 넘어 세계로 향 하는 기업인이 되어 있었다.

"저희가 조사했던 것은 빙산에 일각이었습니다. 이번에 닉스에서 이탈리아 명품 브랜드인 구찌를 인수했다고 합니 다. 더구나 한국의 제철소들 대다수가 닉스코어에서 들어 오는 광물을 이용할 뿐만 아니라 중국의 시장도 빠르게 장 악해 나가고 있습니다. 도시락마트는 동북 3성에 완벽하게 자리를 잡은 이후에 북경에도 다섯 곳을 오픈한다고 합니 다."

닉스는 투자회사인 인베스트코프(Investcorp)가 가지고 있던 구찌 지분 중 50%를 인수하여 닉스 산하로 브랜드로 끌어들였다.

그동안 협상을 통해서 35%의 지분을 먼저 확보한 이후 50%를 인수함으로 최종 85%를 확보한 것이다.

"닉스홀딩스는 되는데 우리는 왜 안 되는 거지?"

대산그룹은 국내 기업들 중 제일 먼저 중국에 대규모 투자를 진행했었다.

투자가 이루어진 후 조금씩 매출이 나올 때쯤 동남아 외환 위기가 터졌고 이 여파로 중국 경기도 가라앉았다.

대산그룹도 상하이에 대산마트를 세우고 영업을 했지만, 매출은 원하는 만큼 나오지 않았다.

더구나 유통망이 완성되지 못해 상품 공급이 원활하지 못했고, 중국 현지에서 공급하는 신선제품들이 말썽을 자주 일으켰다.

"중국 시장에 대한 조사가 기본적으로 잘못되어 처음 저희가 생각했던 만큼의 구매력이 나와주지 않고 있습니다. 여기에 홍보 부족으로 저희 브랜드에 대한 인지도도 떨어지는 상황입니다. 중국 진출에만 염두에 두었지 기초적인 조사가 부실했습니다."

대산그룹만이 아닌 다른 기업들도 겪는 일이었다.

"후! 김덕현 부회장의 판단이 잘못되었다는 것인가?"

중국 진출을 진두지휘한 사람은 그룹 부회장인 김덕현이었다.

"초기 시장조사에 쓰인 데이터가 잘못된 것 같습니다. 현지 상황을 아는 전문가가 부족해 우리보다 먼저 진출한 일본의 데이터를 활용했는데, 이것이 우리와는 다른 분야라 실제 사업이 이루어졌을 때는 저희가 생각한 대로 나와주지 않았습니다."

"그럼, 닉스홀딩스는 어떻게 했길래 성공할 수 있었던 거야?"

"도시락마트의 경우는 러시아 진출을 통해서 판매 노하우를 축적했습니다. 특히나 부란이라는 배송 전문업체를 통해서 유통망을 확보했습니다. 중국 진출에서도 판매망이 아닌 유통망을 미리 확보한 상황에서 현지 조달품목들도 사전에 준비를 철저히 한 것 같습니다. 북한과 러시아에서 공급되는 제품들을 늘려서 중국 현지에서 문제가 될 수 있는 요소를 줄인 것도 저희와는 다른 점입니다."

정태경 기획조정실장의 말이었다.

"도시락마트는 축적된 노하우와 준비를 갖추고서 진출했는데, 우리는 아무런 경험 없이 돈만 쏟아부은 꼴이라는 거잖아."

정용수 비서실장과 정태경 기회조정실장의 보고에 이대수 회장의 표정이 일그러졌다.

"그 당시에는 다른 기업들도 저희와 같은 판단을……."

"그만! 아직 실패했다고는 볼 수 없겠지만 잘못된 판단이 어떤 결과를 불러오는지 충분히 겪었잖아. 중국에서마저 실패하면 더는 버틸 수 없어."

대산그룹은 대산에너지와 필립스코리아의 시티폰 사업

으로 큰 타격을 입었다.

다른 기업보다 먼저 구조조정에 들어가지 않았다면 대산그룹도 한라그룹처럼 역사의 뒤안길로 사라졌을 것이다.

하지만 중국 진출에 들어간 자금과 차입금에 따른 이자가 대산그룹의 자금 사정을 옥죄고 있었다.

더구나 민주한국당의 한종태를 대통령으로 만들기 위해 누구보다 많은 선거자금을 제공한 대산그룹이었기에 현 정부의 도움을 받기도 어려웠다.

정부의 지원과 기업 간의 빅딜에서도 닉스홀딩스는 대산그룹과 달리 눈에 보이지 않는 혜택을 받고 있었다.

Chapter 9

　중국 선양시에 자리 잡은 도시락마트에는 이른 오전부터 사람들로 북적거렸다.

　생활용품을 구매하려는 사람들과 식당의 식자재를 사려는 사람들 때문이었다.

　이들이 도시락마트를 찾는 이유는 신선한 제품이 늘 풍부했고 먹거리가 안전했기 때문이다.

　중국에서 심심하면 터지는 먹거리에 대한 공포가 도시락마트로 사람들을 몰리게 하는 이유 중 하나였다.

　도시락마트에서 판매되는 제품들 상당수가 북한의 신의

주 특별행정구에서 생산되는 물품들이라는 것도 중국인들의 발걸음을 움직이게 했다.

"연해주에서 어제 잡은 싱싱한 명태와 오징어입니다."

수산물 판매대에서 자신 있게 말하는 직원의 말은 호기가 넘쳐났다.

"어제 잡은 것 맞아요?"

"하하! 명태 눈깔을 보세요. 자제분처럼 또릿또릿하지 않습니까?"

직원의 말처럼 다른 곳에서는 쉽게 볼 수 없는 신선함이 고스란히 느껴졌다.

수산물 코너에서 판매되는 물품들 대다수가 북한과 러시아 근해에서 잡아오는 물고기였다.

"호호호! 말도 잘하시네. 다섯 마리 주세요."

"오징어도 아주 좋습니다. 12시가 넘어가면 다 떨어지는데 이것도 좀 드릴까요?"

"똑같이 다섯 마리 주세요."

"알겠습니다."

"우리도 동태하고 오징어 열 마리씩 주세요."

도시락마트가 여는 시간에 맞추어 오는 사람들은 신선한 해산물 판매대에서 생선을 사려고 늘 붐볐다.

선양시에서 도시락마트보다 신선하고 좋은 해산물들을 찾을 수 있는 곳이 없었다.

선양시 위홍구와 훈난구, 다둥구, 허핑구에 자리 잡고 있는 도시락마트는 황구구에도 추가로 지어지고 있었다.

동북 3성의 도시마다 도시락마트가 입점해 있었고 많게는 서너 개나 들어섰다.

이제는 도시락마트에서 물건을 구매해서 재판매하는 상인과 가게까지 늘어나고 있었다.

*　　　*　　　*

"중국인의 입맛을 겨냥해서 세 개 신제품 라면이 출시됩니다. 라오간마(고추기름)를 제품 이용한 제품과 함께 기존의 도시락라면보다 매운맛과 담백함을 강조한 제품으로……."

도시락마트 전용 제품과 함께 중국인의 입맛을 겨냥한 라면이 출시되었다.

신의주 특별행정구의 도시락제품개발연구소는 중국과 미주 국가, 그리고 아시아 파트로 나누어져 나라별로 제품 개발에 임했다.

나라별로 입맛에 맞추어진 라면 개발은 모두 이곳에서

이루어진다.

한국과 러시아에 있는 식품연구소는 국내 제품과 러시아, 동유럽 위주로 개발되었다.

"테스트는 어땠습니까?"

종합연구소를 이끄는 한중관 연구소장이 물었다.

"각 도시에서 2만 명을 대상으로 무작위 시식을 진행했습니다. 구매해서 다시 먹고 싶다는 반응이 90%를 넘어섰습니다."

중국영업부서장인 이상호 이사의 말이었다.

"음, 2만 명은 적은 것 같은데. 1만 명을 더 테스트해서 보완할 점을 찾아보죠. 사실 저는 95%를 생각하고 있었습니다."

신제품을 개발할 때마다 큰 성공을 이루어낸 한중관 제품개발연구소장은 부사장급이었고 회사 지분도 가지고 있었다.

"하하! 늘 욕심이 대단하십니다. 다른 회사는 80%만 되어도 대성공이라고 말하는데 말입니다."

"최고가 아니면 중국 시장에서 성공할 수 없습니다. 10억의 입맛을 사로잡을 수만 있다면 1만 명이 아니라 10만 명도 해야 합니다."

"알겠습니다. 한 소장님의 말씀은 무조건 따르라고 회장님께서 별도의 지시가 있으셨습니다. 바로 시식 테스트를 할 수 있게 준비하겠습니다."

"감사합니다. 많으면 많을수록 좋습니다. 그래야 더욱 정확한 맛을 찾을 수 있으니까요."

맛을 양보하지 않는 것이 한중관 연구소장이 성공할 수 있었던 비결이었다.

그에게 있어 적당한 양보는 없었다.

"예, 최대한 많은 인원이 맛볼 수 있게 해보겠습니다."

신제품 개발에 상당한 자금이 들어가는 일이지만 언제나 부족함 없이 지원이 이루어졌다.

그것이 러시아와 동유럽, 그리고 이제는 중국인의 입맛을 사로잡을 수 있는 비결이기도 했다.

이미 중국을 겨냥한 두 제품이 작년에 출시되어 큰 인기를 끌고 있었다.

*　　　*　　　*

신의주 특별행정구에서 이른 아침부터 출발하는 수많은 트럭들이 중국을 향해 내달렸다.

트럭마다 신의주 특별행정구에서 생산된 제품들이 가득 실려 있었다.

새롭게 건립된 신의주대교를 건너는 트럭들은 목적지로 정한 도시로 속도를 높여 달렸다.

신의주대교를 통해서 중국으로 넘어가는 트럭은 수백 대가 넘어섰지만, 중국에서 넘어오는 트럭은 한두 대에 불과했다.

대신 상인과 관광객을 가득 태운 버스들이 대거 넘어왔다.

기존에 세워진 조중친선다리를 통해서도 수많은 차량과 기차에 실린 화물들이 중국으로 향하고 있었다.

"중앙정부에서 될 수 있으면 중국에서 생산된 제품을 쓰라는 지시가 내려왔소."

단둥시 당서기인 쑨자오린이 회의에 참석한 단둥시 당간부와 시청 고위 관리에게 말했다.

"참 그게 난감합니다. 당서기께서도 아시다시피 신의주 특별행정구에서 생산된 제품은 중국에서 생산된 제품과 비교해 품질의 차이가 큽니다. 더구나 중국 내에서 생산된 제품이 더 비싸기까지 합니다."

단둥시와 군부대에서 사용하는 제품들 상당수가 신의주 특별행정구에서 생산되는 물품들이었다.

가격이나 품질에 있어 중국 제품이 따라오지 못했다.

더구나 다른 지역에 비해 동북 3성에는 공산품과 생활용품을 생산하는 공장들이 적었다.

그나마 있는 공장들도 대부분 규모가 작은 공장이었다.

"그래서 하는 말 아니오. 될 수 있으면 모양새를 갖추라고."

"예산을 더 늘려주지도 않으면서 간섭은……."

단둥시 관계자 하나가 혼잣말로 불만을 토로했다.

중국 중앙정부에서 집중적으로 밀어주는 강남의 산둥성, 저장성, 장쑤성과 달리 동북 3성인 랴오닝성, 지린성, 헤이루장성은 상대적으로 지원이 부족했다.

"알겠습니다. 신경을 좀 더 쓰도록 하겠습니다."

단둥시 시장인 스젠의 대답에 쑨자오린은 고개를 끄떡였다.

월례 회의가 끝나고 당서기인 쑨자오린과 스젠 시장이 남아 긴밀한 이야기를 나누었다.

"단둥시는 신의주가 아니면 돌아가지 않습니다. 중앙에서 신특구(신의주 특별행정구)의 물품을 들어오지 못하게 하든가 아니면 관세를 부여했다면 이런 일은 벌어지지 않았을 것입니다."

"음, 나도 모르는 것이 아닙니다. 우리 제품의 품질이 올라갈 동안이라도 중국 내에서 만든 물품을 쓰라는 것이지요."

"그럼, 증치세(부가가치세)의 비율을 높여주거나, 공장을 지을 수 있는 자금을 지원해 주라고 하십시오. 더구나 강남에서 만든 물품이 이곳까지 오게 되면 가격이 달라집니다. 그렇다고 신특구의 물건보다 좋다고 할 수도 없고요."

스젠 시장 또한 답답했다.

자본주의 시장경제를 받아들인 것은 중앙정부였다.

시장경제의 원칙에 따라 자유경쟁으로 시장 가격이 형성되는 상황에서 가격과 품질이 월등한 신특구 물건이 시장을 장악한 것은 당연한 결과였다.

더구나 신특구에서 생산되는 물건은 중국 내에서 만든 제품과 동일하게 취급해 관세를 부과하지 않았다.

증치세는 지방정부가 거둬들여서 중앙정부와 나누어 가졌다.

"신특구의 물건 때문에 단둥시에 있는 공장들 대부분이 문을 닫을 지경이잖습니까? 우리라도 신경을 써야지요."

"그것도 중요한 일이지만, 신특구에 있는 카지노가 문제입니다. 시의 간부들까지 카지노를 들락거리는 것 같습니다."

신의주와 제일 가까운 단둥시의 중국인들은 돈과 시간이

생길 때마다 카지노를 찾았다.

당 간부와 단둥시의 고위직들도 사람들의 눈을 피해 카지노를 들락거렸다.

이들 외에도 중국의 고위 공무원, 국영기업 임원, 사기업 경영진 등 정계와 재계를 주무르는 인물들도 닉스카지노를 찾고 있었다.

"그건 신경을 쓰지 않아도 됩니다. 내가 닉스카지노에 이야기해 놨습니다. 뭐, 업무를 하다 보면 스트레스도 풀어야 하지 않겠습니까?"

'뭐지? 당서기까지 손을 썼나? 그럼, 굳이 신경 쓸 필요가 없겠지.'

쑨자오린 당서기와 스젠 시장은 닉스카지노에서 적잖은 자금을 지원받았다.

동북 3성의 고위 관리들 대다수가 닉스카지노에 관리 대상이었다.

"문제가 되지 않게끔 한다면야 괜찮지만, 중앙당에서 검열이라도 나온다면 문제가 되지 않겠습니까?"

"그건 염려하지 않아도 됩니다. 하여간에 눈으로 보이는 부분만이라도 단둥시나 랴오닝성에서 만든 제품을 우리가 쓰고 있다는 것을 보여주도록 합시다. 인민들이 뭘 사든지 간에 말이오."

쑨자오린 당서기는 현재 정권을 잡고 있는 상하이방과 가까운 사이였다.

"예, 최대한 눈에 보이게끔은 하겠습니다."

스젠 시장의 말에 쑨자오린 당서기가 만족스러운 표정을 지었다.

단둥시는 올해 들어 더욱 신의주 특별행정국 경제에 종속되는 모습을 보였다.

저렴하고 좋은 제품들의 공급으로 인해 물가는 안정적이었지만 단둥시와 그 주변에 있던 공장들이 하나둘 문을 닫고 있었다.

문을 닫는 공장들 모두가 신의주 특별행정구에서 생산되는 제품과 겹치는 곳들이었다.

그 대신 신특구에서 만든 제품을 판매하는 상점들이 대거 늘어났다.

이러한 모습은 신특구의 제품들을 사러 오는 타 지방의 중국인들이 늘어난 결과이기도 했다.

*   *   *

마카오의 리스보아 카지노에 들어선 송예인을 바라보는 사람들은 그녀의 등장에 눈을 떼지 못했다.

중국식 전통복장을 퓨전식으로 풀어낸 드레스를 입은 송예인의 모습은 청순미와 섹시미가 동시에 느껴지는 아름다움 그 자체였다.

길고 가는 다리가 살짝살짝 보일 때마다 절로 고개가 돌아갔다.

"깔깔깔! 다들 언니의 모습에 넋이 나가 버렸어요."

예인이와 함께 걷고 있는 화린이 재미있다는 듯이 크게 웃으며 말했다.

"이 몸뚱이가 가진 최대의 매력이지. 나도 가끔 거울 보면서 반할 때가 있으니 말이야."

"예인이는 이제 사라진 건가요?"

화린은 송예인이의 상태를 어느 정도 알고 있었다.

"아니, 잠시 잠을 자고 있을 뿐이야. 이년이 잠에서 깨어나기 전에 몸뚱이를 완전히 차지해야겠지. 놈이 저기 있군."

말을 마친 예인이가 카지노의 한 테이블로 걸어가자 주변에 있던 사람들 모두가 감탄사와 침을 삼키며 도박에 집중하지 못했다.

송예인이 자리를 잡은 테이블은 중국인이 가장 좋아하는 바카라 게임을 진행하는 테이블이었다.

카지노 게임의 왕 혹은 꽃이라 불리는 바카라는 뱅커와 플레이의 어느 한쪽을 택하여 9 이하의 높은 점수로 승부하는 카드 게임이다.

양쪽에 두 장씩 카드를 배부해 숫자의 합이 9에 가까운 쪽이 이기며 이긴 쪽은 건 돈의 두 배를 받는다.

플레이어와 뱅커 중 어느 쪽이 이길지 매회 예상을 하고 베팅을 한다. 뱅커에 걸었을 경우엔 5%의 수수료를 빼고서 판돈을 받는다.

"하하하! 아름다운 아가씨 덕분인지 패가 잘 들어오는군."

바카라 테이블에 앉아서 도박을 하고 있는 인물은 마카오 삼합회 중 조방(潮幇)을 이끄는 석웡첸이었다.

도박을 즐겨 하는 석웡첸은 홍콩의 14K 조직과 전쟁 중임에도 카지노를 찾았다.

그 때문인지 그의 주변은 십여 명의 건장한 사내들이 경호하듯 둘러싸고 있었다.

현재 마카오는 1999년 중국에 주권 반환 직전이었다.

이 때문에 포르투갈 당국의 느슨한 치안 공백기를 틈타 홍콩의 14K파와 신의안(新義安), 마카오 현지 수방파, 조방 외에도 중국계 대원(大園), 흑룡(黑龍) 등과 대만의 사해방, 죽련방, 그리고 태국 조직까지 가세해 춘추전국시대를 방

붉게 했다.

이들 모두가 카지노 이권을 차지하기 위해서 싸움을 벌였고, 참여한 조직원의 숫자가 1만 명에 이르렀다.

"그런가요? 저는 패가 좋지 않네요."

송예인은 석윙첸의 말에 옅은 미소를 지며 말했다.

그녀의 말처럼 예인이가 테이블에 앉은 후 석윙첸은 계속 이기고 있었다.

"하하하! 그러면 이번 판은 제가 양보하도록 하겠습니다."

즐거운 웃음을 토해내는 석윙첸이 카드 패를 내려놓으려고 할 때였다.

송예인과 석윙첸이 도박을 즐기는 테이블로 한 인물이 빠르게 다가오고 있었다.

Chapter 10

　모스크바 소빈뱅크 국제금융센터는 각국의 환율 변동과 채권 거래, 주식 동향을 면밀히 주시했다.

　전 세계를 공포에 떨게 하는 러시아발 경제 핵폭탄이 며칠 안으로 터지기 때문이다.

　국제금융센터의 꽃이자 귀족으로 불리는 107명의 트레이더들이 각 파트에서 거래를 하고 있었지만, 이 사실을 알고 있는 인물들은 소빈뱅크 내에서도 극소수에 불과했다.

　컴퓨터 모니터상에서 숫자와 그래프로만 보이는 세계 경제는 시간대별로 복잡하게 변화하고 있었다.

그 변화 속에서 나라와 국경을 초월한 자금들이 이익을 발생시키기 위해 피 말리는 싸움을 벌이고 있었다.

현재 러시아의 경제력은 전 세계 GDP 총계의 1%에 불과했고, 올해 예상 GDP는 4,600억 달러를 바라보고 있었다.

세계 경제를 주도하는 나라인 미국은 8조 4,577억 달러의 GDP를 자랑했고, 그 뒤를 4조 5,150억 달러의 일본과 2조 1,020억 달러의 독일, 새롭게 떠오르는 중국, 그리고 유럽의 몇몇 나라들이 뒤를 쫓고 있었다.

"러시아 국채는 대부분 소진시켰습니다."

모스크바 국제금융센터를 책임지고 있는 마트베이의 말이었다.

4백 명이 넘는 직원들이 그의 통제하에서 움직였다.

"놈들은 알아채지 못하겠지?"

"예, 오랜 시간에 걸쳐서 각기 다른 창구를 통해 매도를 진행했습니다. 놈들은 저희가 어느 정도의 채권을 가지고 있다고 생각할 것입니다."

소빈뱅크는 주식시장에 상장된 회사도 아니었기에 자산 변동에 대한 공시나 정보를 공시할 의무가 없었다.

금융 세력은 단지 자금의 흐름을 유추할 뿐이었다.

더구나 세계 경제 심장부에 흩어져 있는 소빈뱅크 국제

금융센터에서 거래되는 금융상품거래 금액은 어마어마했다.

"적들을 완벽히 속이려면 아군도 속여야 한다는 말이 있지. 직원들도 관리를 잘해야 할 거야."

"예, 직원들도 평상시와 다름없는 움직임으로 생각하고 있습니다. 다른 점이라면 TB(미국 재무부채권)와 엔화에 좀 더 집중해 매집하는 것뿐입니다."

러시아 채권을 매각한 자금으로 미국 재무부채권과 이탈리아채권, 네달란드 담보부채권, 영국채권 등을 사고팔았다.

그리고 최종적으로는 미국 재무부채권(TB) 중 30년 만기 TB와 엔화를 사들였다.

일반적으로 금융시장에 불안요인이 발생하면 새로 발행된 30년 만기 TB 가격은 오르고, 기간이 다른 TB의 가격은 정체한다.

불필요한 국채 매입과 매각 일부러 보인 것은 국제금융세력의 눈을 돌리기 위한 것이기도 했다.

"컴퓨터 시스템에 오류도 사전에 점검하도록 해. 거래 폭주로 인해서 버그가 발생할 수도 있으니까."

최고의 전산 시스템 사양에 최신 프로그램을 사용하는 소빈뱅크 트레이딩룸이지만, 예기치 못한 버그가 빈번히 일어났다.

버그를 잡기 위해 지속적인 업데이트와 점검을 반복해도 완벽하지 못했다.

"예, 그렇지 않아도 개발팀과 시스템 보수팀이 디데이에 앞서 최종적인 점검을 할 예정입니다."

웨스트와 이스트에 속한 금융 세력들도 최신 시스템과 수학적 프로그램을 이용한 알고리즘 매매를 하고 있었다.

그 대표적인 곳이 롱텀 캐피털 매니지먼트(LTCM)이다.

"모든 것이 완벽해야만 성공할 수 있어."

디데이가 다가올수록 긴장감으로 인해 잠을 제대로 이루지 못했다.

소빈뱅크와 룩오일NY가 가지고 있는 자금은 물론 닉스 홀딩스, 그리고 내 소유의 개인 자금까지 모두 이번 작전에 투입된다.

여기에 러시아 중앙은행 자금 70억 달러까지 포함하면 그 자금 규모가 9백억 달러에 달하는 천문학적인 금액이었다.

올 한 해 대한민국이 예상하는 1년 GDP의 63%에 달하는 엄청난 자금이 단기간에 투입된다.

소빈뱅크는 9백억 달러를 증거금으로 이용하여 5~6배의 레버리지(Leverage)를 발생시킬 것이다.

이것은 곧 5천억 달러의 자금이 외환시장과 선물시장은 물론, 파생상품 시장의 통화스왑, 통화옵션, 이자율스왑, 통화선물, 이자율선물, 이자율옵션에 투자되어 웨스트와 이스트 산하의 금융 세력에게 결정타를 먹일 것이다.

만약 실패한다면 닉스홀딩스와 룩오일NY는 파산을 선언할 수밖에 없다.

이는 곧 한국과 러시아가 웨스트와 이스트에게 영원히 종속되는 일이기도 하다.

*   *   *

마카오의 삼합회인 조방를 이끄는 석웡첸에게 다가온 인물은 다름 아닌 흑천의 홍무영 장로였다.

말쑥한 양복 차림으로 걸어오는 홍무영 장로였지만 석웡첸의 경호원들은 그를 막아섰다.

"자리가 다 찼으니 다른 곳으로 가시오."

경호원들의 말처럼 게임 테이블에는 빈자리가 없었다.

"오늘을 애타게 기다렸는데 그럴 수야 없지."

홍무영은 정확한 광둥어 발음으로 말했다.

"무슨 말을 하는 거야?"

"대어를 낚기 위해 오랫동안 기다렸다는 말이지."

"이놈이!"

앞을 막아선 경호원이 홍무영의 멱살을 잡으려는 순간 그의 몸이 허공으로 날아올랐다.

"막아!"

경호 책임자로 보이는 인물이 소리를 지르는 순간 홍무영의 오른손이 앞으로 뻗었다.

그러자 작은 바늘로 보이는 물체가 홍무영 장로의 손을 떠나 석웡첸의 목에 그대로 박혔다.

"컥!"

바늘이 박히자마자 석웡첸의 눈 흰자위가 순식간에 회색빛으로 변했다.

괴로운 듯 심줄이 도드라지게 튀어나온 목을 부여잡은 석웡첸이 붕어처럼 입을 뻐끔거리는 순간 그의 몸이 테이블 위로 그대로 쓰러졌다.

쿵!

모든 것이 찰나에 벌어진 일이었다.

"아악!"

석웡첸의 몸이 그대로 게임 테이블에 쓰러지는 순간 주변에 있던 여인들의 비명이 카지노에 메아리쳤다.

그 모든 광경을 무심히 지켜보는 송예인은 경호원들의 사이를 빠르게 지나치는 홍무영을 바라보았다.

그를 잡기 위해 달려들던 네 명의 경호원들도 홍무영의 손짓에 갑자기 쓰러졌다.

그 모습에 카지노는 더욱 혼란에 빠져들었다.

"후후! 이젠 심부름꾼으로 전락했군."

송예인은 카지노를 여유롭게 빠져나가는 홍무영 장로를 보며 말했다.

그의 뒤에는 어느새 송예인과 함께 있던 화린이 따라붙고 있었다.

*   *   *

소빈뱅크를 통해 채권시장에 흘러나온 러시아 국채는 프로그램 매매를 통해 팔려 나갔다.

이번 국채는 한국에 있는 국제금융센터에서 매각한 국채였고, 각국에 있는 소빈뱅크 국제금융센터는 이런 국채를 지점 간에 거래로도 서로 사고팔았다.

미국의 롱텀 캐피털 매니지먼트(LTCM)가 새로운 투자 방식인 수학모델과 컴퓨터 프로그램을 이용한 컨버전스 트레이딩(Convergence Trading)을 통해 큰 수익을 거두고 유명세가 올라가자, 차익거래 투자 전략을 따라 하는 헤지펀드들이 늘어났다.

LTCM의 차익거래는 거래당 이윤이 적게 남는 투자 전략으로 시장 가격의 일시적인 미묘한 불일치를 이용한 것이라 이윤이 적었다.

따라서 LTCM은 투자 수익을 늘리기 위해서 대량의 거래를 일으키는 박리다매 전략을 썼다.

더 많은 이익을 위해서는 거래 규모가 관건이었다.

그래서 LTCM은 자기자본으로만 거래하기보다는 은행에서 저금리의 돈을 빌려 투자하고, 그 투자자금을 담보로 또 돈을 빌리는 방식의 레버리지를 활용했다.

이 레버리지를 높일수록 투자 수익은 비례해서 늘어났기 때문에 LTCM의 레버리지 비율은 자기자본 대비 28배인 1천 2백억 달러에 달했다.

"러시아 채권이 생각보다 많이 흘러나오는데."

채권 흐름을 보여주는 모니터를 보고 있던 LTCM의 트레이더인 로건이 말했다.

"얼마나 되는데?"

옆자리에 앉은 루카스가 물었다.

"15억 달러. 어제도 평소보다 13억 달러 정도 더 나왔잖아."

"그 정도 금액은 문제없잖아. 프로그램상에도 이상이 감지되지 않고 말이야."

LTCM의 투자 전략은 트레이더의 감각적인 직감에 의존하기보다는 자체적으로 개발한 수학모델과 컴퓨터 프로그램을 바탕으로 거래를 진행했다.

"누군가가 의도적으로 파는 것은 아니겠지?"

"러시아가 흔들거리기는 하지만 망할 염려는 없어. 다른 놈들이 채가기 전에 받아놓는 것이 좋을 거야. 올해 수익률이 작년보다 높지 않으면 보너스도 없다고."

루카의 말이 떨어지기 무섭게 5억 달러의 채권이 팔렸다.

그와 발맞추어 LTCM의 자동매매 프로그램도 3억 달러의 채권을 매입했다.

"역시 빨라. 나머지도 우리가 담지."

LTCM이 추가 매입에 나서자 시장에 추가로 나온 4억 달러 상당의 국채도 금세 매입되었다.

다른 펀드들도 경쟁적으로 프로그램 시스템을 통한 거래를 하고 있었다.

수학과 컴퓨터 프로그래밍을 잘하는 사람이라면 LTCM의 투자 전략을 쉽게 따라 할 수 있었다.

이것은 곧 LTCM의 차익 거래 기회를 점점 줄어들게 하는 것으로 수익률에 빨간불이 들어오는 일이었다.

그러자 LTCM은 이를 만회하기 위해 레버리지를 더욱 확대하며 러시아 국채를 사들였다.

* * *

러시아에 미국 재무부 부장관인 로렌스 서머스와 IMF 부총재인 스탠리 피셔가 IMF팀을 이끌고 모스크바를 방문했다.

이 둘은 모두 웨스트와 이스트를 대리하는 인물들로 러시아의 경제 위기에 따른 지원과 함께 그에 따른 대가를 얻어내기 위해서였다.

러시아 연방총리이자 대통령 대리에 올라서 있는 세르게이 키리엔코를 만난 두 사람의 표정은 마치 항복 문서에 서명을 받기 위해 찾아온 것처럼 보였다.

"룩오일NY와 소빈뱅크에 부여한 과도한 이권과 독점적 특혜 사업들을 해결해야만 추가적인 지원이 이루어질 수 있습니다."

피셔는 러시아의 현 상황을 설명하며 룩오일NY와 소빈뱅크에 부여한 권한을 축소하라는 요구를 했다.

"제가 할 수 있는 권한 밖의 일입니다. 러시아의 기업들은 공정한 경쟁을 통해서 사업을 진행하고 있습니다. 말씀하신 대로 특정 기업에게 주어진 특혜와 권한은 없습니다."

"하하하! 그걸 누가 믿겠습니까? 소빈뱅크만 해도 러시아 정부를 대신해 세금을 걷고 있지 않습니까? 이러한 일은 러시아에서 사업을 진행하는 외국 기업들을 압박할 수 있는 수단이 될 수 있습니다. 더구나 외화 반출에 있어서도 소빈뱅크는 특혜를 부여받고 있지 않습니까?"

서머스 부장관은 따지듯이 키리엔코 총리를 압박했다. 소빈뱅크는 다른 은행과 달리 외화 반입과 반출에 있어서 금액의 제한을 받지 않았다.

"행정부가 아닌 국회를 통해서 입법화된 일입니다. 이번 구제금융의 지원과 러시아 기업에 관한 상황은 무관한 일입니다. 더구나 기업의 운영 방식을 제가 어떻게 할 수도 없습니다."

"저희는 공정 경쟁을 요구하는 것입니다. 러시아의 경제 위기가 세계 경제에도 큰 영향을 주고 있는 상황에서 다시는 이런 위기가 발생하지 않으려면 국제적인 수준의 금융 개혁과 공정한 기업 환경이 마련되어야 합니다."

"저희는 충분히 그러한 장치들을 마련하고 있습니다."

키리엔코 총리는 서머스의 말에 지지 않고 맞받아쳤다.

"말씀은 그렇게 하시지만, 러시아 내 환경은 그렇지 못합니다. 국제사회가 오늘의 만남을 주시하고 있습니다. 우리가 아무런 합의점을 찾지 못한다면 추가적인 지원은 물론이고 향후 러시아의 경제는 더욱 흔들릴 것입니다."

"앞에 말한 것처럼 외국 기업들의 투자 환경은 앞으로 더욱 좋아질 것입니다. 하지만 러시아 기업에 대한 요구 상황은 받아들이기 힘든 일입니다."

키리엔코 총리의 말에 두 사람은 실망한 표정이었다. 하지만 이 모든 것을 예상했다는 듯 두 사람의 눈빛은 변화가 없었다.

키리엔코 총리와의 만남을 마치고 나온 서머스 재무부 부장관과 IMF 피셔 부총재는 곧장 자신이 속한 웨스트와 이스트에 회담 결과에 대해 보고했다.

그리고 다음 날 국제적 신용평가기관인 스탠더드 앤드 푸어스(S&P)와 무디스가 기다렸다는 듯이 러시아의 외화 표시 채권 등급을 B1에서 B2로 한 단계 강등시켰다.

영국의 피치 IBCA도 러시아의 은행들을 부정적 관찰 대상으로 올렸다.

이것은 러시아를 더욱 압박하려는 조치였다. 그러나 이 일은 그 누구도 예상치 못한 부메랑으로 돌아왔다.

*　　　*　　　*

국제적 신용평가기관인 스탠더드 앤드 푸어스(S&P)와 무디스의 러시아 외화 표시 채권 등급에 대한 신용 등급 하락은 곧장 러시아 증시에 악영향을 주었다.

다음 날 모스크바 RTS 지수가 28%나 폭락한 것이다. 이 때문에 50분간 주식 거래가 중지되었다.

올 연초에 비해 80% 가까이 빠진 주가였고, 평소 1억 달러 정도의 거래되던 거래량이 1,500만 달러에 그쳤다.

국제 신용평가기관들은 약속이나 한 듯 국제통화기금(IMF)과 세계은행 등 국제사회가 약속한 226억 달러의 구제금융이 러시아 금융 위기를 완화하는 데 실패했다는 발언을 했다.

여기에 IMF 부총재인 스탠리 피셔 또한 언론과의 인터뷰에서 러시아의 금융 위기를 진화하기가 쉽지 않을 것이라는 뉘앙스로 이야기했다.

이것은 불이 붙기 시작한 집에 기름을 끼얹는 꼴이었다.

순식간에 러시아 금융시장이 공황 상태로 빠져들자 외국 투자가들은 서둘러 자금을 회수하기 시작했다.

러시아 국채의 유통수익률은 연 150%대를 오르내렸고 금융거래도 빠르게 격감했다.

도이체방크, 모건스탠리, 크레디 스위스, 퍼스트 보스

턴(CSFB), 시티뱅크 등 서방 투자은행 딜러들은 장기물 채권 거래를 사실상 중단하다시피 했다.

그러자 오버나이트 거래의 이자율을 상상할 수 없는 수준으로 올려 받았다.

외환시장의 사정은 더욱 심각해졌다.

루블화 평가절하 가능성이 커짐에 따라 외국 투자가들이 루블화를 서둘러 팔아치우기 시작하자 달러 품귀 현상이 나타났다.

위기를 느낀 러시아 중앙은행이 서둘러 22억 달러를 풀어 환율 방어에 나섰지만, 루블화 가치는 달러당 6.31루블에서 6.38루블로 급락했다.

러시아 중앙은행은 달러 유출을 막고자 일부 러시아 은행들의 외환거래를 중단하는 조처를 취했다.

이러한 행동이 오히려 외국 투자자들의 불안감을 가중시키는 결과로 이어졌다.

키리엔코 총리와 경제 관료들은 긴급 기자회견을 통해 러시아 금융시장이 공황에 빠질 아무런 이유가 없으며, 러시아는 루블화를 절대 평가절하하지 않을 것이라고 발표했다.

금융 시스템 붕괴에 대한 정신병적 대응과 공포 심리가 혼란을 부채질하고 있다고 반박했지만, 사태는 전혀 개선

될 조짐이 보이지 않았다.

"시작되었군. 놀란 누우 떼가 달리기 시작하면 무엇으로
도 멈추지 못하는 것처럼 투자자들도 떼거리로 러시아를
탈출하려는 심리가 발동될 거야."

아프리카에 초원에 누우 한 마리가 달리기 시작하면 주
변에 있던 누우들도 무슨 일인지도 모른 채 덩달아 달리기
시작한다.

투자 또한 심리 게임으로 누군가가 겁을 먹고 움직이기
시작하면 그 누구도 손해 보지 않으려는 심리가 발동되어
혼란과 공황을 만들어낸다.

"금융 전문가들이 오늘 벌어진 사태를 보고 루블화에 대
한 15~25%의 평가절하 가능성을 이야기하고 있습니다."

소빈뱅크 은행장인 이고르의 말이었다.

"틀린 말이 아니야. 소빈뱅크를 비롯한 몇몇 은행들을 제
외하면 은행의 지급 능력이 현저히 떨어지니까. 내일은 겁
을 먹은 투자자들이 러시아 채권을 대량으로 매각할 거야."

러시아 경제의 어려움은 국제유가의 지속적인 하락으로
인해 국가 수입이 줄어든 요인도 있었다.

"키리옌코 총리가 G7(서방선진 7개국)에 전화를 걸어 도
움을 요청했습니다."

루슬란 비서실장의 말이었다.

벼랑 끝에 몰린 러시아의 경제는 이젠 자체적으로 문제를 해결할 방법이 없었다.

"러시아가 할 수 있는 모든 조치를 취해야 의심을 받지 않겠지."

"국제신용평가기관들을 움직인 것이 위기에 불을 붙인 요인입니다. 신용평가 하락은 IMF 부총재인 스탠리 피셔와 서머스 미 재무부 부장관이 키리엔코 총리와 만난 이후에 전격적으로 이루어졌습니다."

"두 사람이 키리엔코 총리에게 많은 것을 요구했을 거야. 그걸 허락할 일 없는 키리엔코에게 압박 차원에서 국제신용평가기관이 움직였을 테고. 하지만 저들은 상황에 맞지 않는 악수를 두었어."

한국처럼 백기를 들게 하려고 강하게 나간 것이 의도치 않은 후폭풍을 몰고 올 것이기 때문이다.

웨스트와 이스트 산하의 금융기관들은 러시아를 영원히 자신들 아래에 종속시킬 마음으로 시장에서 나오는 러시아 국채를 대거 사들였다.

이들의 움직임에 떨어지던 러시아 국채 가격이 다시 상승 반전했고, 다른 투자기관들도 국채 매입에 뛰어들었었다.

"어찌 보면 지금의 경제 상황이 한국과 비슷하게 흘러가기 때문에 저들은 착각 속에 빠진 것 같습니다."

한국에서 날아온 소빈뱅크 서울 지점장 그레고리의 말이었다.

한국 또한 국제신용평가기관의 신용등급 하락 조정으로 인해서 주식시장과 외환시장이 크게 흔들렸다.

원 달러 환율의 변동을 막기 위해서 보유 외환을 풀었지만, 국제투기 세력의 배만 불려주는 꼴이 되었다.

그리고 얼마 지나지 않아 IMF 관리체제를 받아들일 수밖에 없는 상황으로 이어지고 말았다.

철저하게 계산된 시나리오에 희생된 한국처럼 러시아도 그 범위 안에서 움직일 것으로 판단한 것이다.

"가장 큰 먹잇감을 몰아넣기 위해서 동남아시아 국가들을 위태롭게 했으니까. 이젠 곰의 목에 목줄을 채웠다고 생각하고 있겠지. 자, 우리가 예상한 대로 놈들이 움직여 주었으니까 이제부터 소빈뱅크가 해야 할 일들을 진행해야지."

소빈뱅크의 해외금융센터들은 막대한 자금으로 계획된 일들을 진행하기 시작했다.

*　　　*　　　*

엎친 데 덮친 격으로 일본의 엔화 추락 여파와 중국 위안화 평가절하 움직임에 따른 국제주가 폭락의 여파가 러시아를 흔들었다.

전날에 있었던 주식거래 중단은 다음 날에도 이어졌고 외환거래를 중단하는 러시아 은행도 늘어났다.

더구나 러시아 하원(두마)은 정부의 경제개혁 법안 심의를 위해 19일에 열기로 했던 특별 회의를 전격 취소해 버렸다.

개혁 법안이 IMF의 지원과 불가분의 관계에 있는 것으로 하원의 이러한 결정은 러시아 경제 회생을 대규모 외채에 의존하려는 정부 정책에 반대하는 의사 표시였다.

더구나 러시아 정부경제팀 내부에서도 시장의 신뢰 회복에 대한 방법론에서 엇박자를 내었다.

리프시츠 대통령 행정실 실장은 국채 상환을 위해 IMF 구제금융을 상용할 필요가 없다고 밝혔지만, 자도르노 재무장관은 지원받은 금액 중 10억 달러를 외채상환을 위해 지출할 계획이라고 발표했다.

시장은 이러한 러시아의 대응에 불신이 더욱 커졌다.

키리엔코 총리가 다시금 긴급 회견을 통해 러시아 정부와 중앙은행의 긴축정책에는 변화가 없다고 말했지만, 러시아에서 탈출하는 자금은 더욱 커졌다.

러시아에 36억 달러를 투자한 퀀텀펀드의 조지 소로스는 루블화 가치를 15~25% 절하한 뒤 미국의 달러나 유럽의 파운드 혹은 마르크화와 연동시키라고 촉구했다.

이것은 곧 홍콩의 페그제와 같은 환율 제도를 도입하라는 뜻이다.

이 제도를 시행하면 환율 변동에 대한 불확실성을 감소시켜 대외교역과 외국인 투자를 통한 자본거래를 활발하게 만들지만, 대외적인 충격이나 경제 위기 시 환율 변동에 따른 국제수지 조정이 불가능해져 외환 투기를 발생시킬 수 있다.

다시 말해 충분한 외환 보유고가 없는 상황에서는 환투기 세력에 의해서 언제든지 러시아 경제가 흔들리고 조정될 수 있었다.

소로스는 또한 서방 선진 7개국이 160억 달러를 러시아에 추가 지원해 국제금융시장의 안정을 도모하라고 말했다.

이와는 별도로 채권시장에 나오는 러시아 국채를 값싸게 사들였다.

G7도 매우 급하게 돌아가는 러시아 사태를 논의하기 위

해 긴급회의를 개최했다.

"하하하! 이제 곧 항복 문서에 서명하는 일만 남았어."

소로스는 퀀텀펀드의 운영 책임자인 로저스를 향해 말했다.

"226억 달러의 구제금융이면 6개월은 버틸 줄 알았는데, 너무 빠른 결과입니다."

"러시아 놈들은 통제에 익숙한 놈들이야. 어려울 때는 오히려 하나가 되지 못하고 흩어지는 모래알처럼 행동하지."

"맞는 말씀입니다. 룩오일NY와 소빈뱅크 때문에 러시아를 너무 과대평가했던 것 같습니다. 제대로 된 카운터펀치를 맞지도 않았는데 이렇게 비틀거릴 줄은 몰랐습니다."

"불확실하고 유동적인 상태는 공포를 만들어내는 거야. 그 공포에 어떻게 대처할지를 러시아 놈들이 모를 뿐이지. 하지만 소빈뱅크는 우리와 같은 하이에나야. 이득이 없는 곳에 돈을 투입할 정도로 어리석지는 않으니까. 영국과 독일이 러시아에 긴급 자금을 투입할 계획을 하고 있어."

"자신들의 화폐와 연동시키려는 것이겠지요. 그리되면 러시아의 원유와 천연가스를 싼 가격에 공급받을 수 있으니까요."

"러시아를 두고서는 적도 아군도 없어. 먼저 먹는 자가

임자니까. 놈들에게 맛난 부위를 빼앗길 수야 없지. 이제 곧 클린턴 대통령도 움직일 거야."

"반드시 그렇게 돼야 합니다. 루블화와 달러가 연동되면 러시아는 영원히 우리에게 맛난 음식을 제공하게 될 테니까요."

"하하하! 맞아. 힘들이지 않고도 막대한 이익이 나오는 황금 거위를 가진다는 것은 투자할 맛이 나는 일이야. 내가 늘 말하지만 분명하고 예측할 수 있는 곳에서는 큰 이익이 없어. 이익은 예기치 못한 곳에서 나오는 거야. 러시아가 더욱 혼란에 빠질수록 우리의 배는 더욱 불러올 테니까."

만족스러운 웃음을 짓는 조지 소로스는 앞으로 러시아에서 얻을 이익에 대한 계산기를 두드리고 있었다.

*　　　*　　　*

러시아 정부의 경제 관료들은 모두가 심각한 표정으로 회의 테이블에 앉아 있었다.

"지금의 상황에서는 1백억 달러가 더 필요합니다. 이번 주에만 러시아 은행이 갚아야 할 외채가 13억 7천만 달러입니다. 오늘만 해도 3억 5천만 달러가 나가야 합니다."

러시아 중앙은행 총재인 게라셴코가 이마에 흐르는 땀을

닦으며 말했다.

"GKO(단기국채)로 내다 팔면 안 되겠습니까?"

넴초프 경제부총리는 러시아 은행들이 보유한 러시아 정부의 단기 국채를 시장에 매각하라는 말이었다.

문제는 이 CKO를 러시아 정부가 사주어야만 했다.

"현재의 외환 보유고로는 힘든 일입니다. 현재 러시아의 부채는 2,200억 달러입니다. 그중에 750억 달러가 GKO로, 올해만 해도 2백억 달러를 갚아야 하는 실정입니다. 더구나 외환 보유고도 162억 달러에 불과한 상황에서 환율 방어에 10억 달러를……."

러시아 정부는 지금까지 매년 국내총생산(GDP)의 6%에 이르는 재정적자를 이자율이 연 50~150%나 되는 고금리의 GKO(단기국채) 발행이나 차관 도입 등으로 막아왔다.

이 때문에 기업과 실물경제에 투자되어야 할 자금들이 GKO에 몰려 실물경제는 망가지고 정부 부채 규모는 눈덩이처럼 불어나는 결과를 만들어냈다.

"그럼, 해결 방법이 무엇입니까?"

넴초프 부총리가 심각한 표정으로 물었다.

"외환 보유고를 지키기 위해서는 외환 방어를 포기할 수밖에 없습니다. 아니면 IMF의 요구 조건을 들어주어야만 합니다."

자도르노 재무장관의 말이었다.

"놈들에게 러시아를 내어줄 수는 없습니다. 외환 방어를 포기하자는 것은 루블화를 평가절하하자는 말입니까?"

"예, 그리고 여기에 하나 더 추가한다면 모라토리엄을 선언해 시간을 벌어야 합니다."

게라셴코 러시아 중앙은행 총재의 말에 회의 테이블에 앉아 있던 관료들의 입에서 신음성이 터져 나왔다.

"모라토리엄을 선언하면 어떻게 되는 줄 알고 하시는 말입니까?"

"지금은 극약 처방이 필요할 때입니다. 그러지 않으면 우리 수중에 있는 달러는 모두 사라질 것입니다."

"후— 우! 이대로 무너진다면 7년간의 개혁이 물거품이 될 수 있는데……."

한숨을 크게 내쉬는 넴초프 경제부총리 또한 게라셴코 중앙은행 총재의 말이 무엇을 말하는지 잘 알고 있었다.

Chapter 11

8월 17일, 러시아 경제의 운명을 결정하는 날이 밝았다.

새벽까지 이어진 러시아 경제 관료들의 마라톤 회의 결과는 게라셴코 러시아 중앙은행 총재가 이야기한 모라토리엄의 선언이었다.

"러시아는 앞으로 90일간 루블화 표시 외채에 대한 지불유예를 단행할 것입니다. 이것은 러시아의 경제와 정치가 대내외적으로 심각한 위협에서 벗어나기 위한… 이번 조치는 디폴트(채무 불이행) 선언이 아니며 결코 우리가 부채를 갚지 않겠다는 뜻이 아님을 알아주시기 바랍니다. 오늘의 조치는 러시아의 대외부채와 연관된 것이 아니며 국내 부채 상환기한을 연장하기 위한 것으로……."

자도르노 러시아 재무장관이 전격적으로 발표한 모라토리엄(대외채무 지불유예) 선언으로 제일 먼저 러시아 금융시장은 공황상태로 빠져들었다.

러시아 재무부가 1,380억 달러라고 발표한 외채는 과거 파리클럽 채권국과의 협상 이후 상당 부분 루블화 표시 채권으로 전환돼 있었고, 이번의 모라토리엄 선언은 사실상 국채에 대한 지불유예를 의미한다.

자도르노 재무장관의 발표 이후 러시아 중앙은행은 이날 루블화의 환율 변동 상한선을 달러당 6.3루블에서 9.5루블로 상향 조정했다.

이는 사실상 루블화를 52%나 평가절하한 것이다.

"드디어 핵미사일이 발사되었군. 미국은 아직 새벽인가?"

러시아 재무부와 중앙은행이 진행할 상황들을 소빈뱅크는 사전에 알고 있었다.

게라셴코 러시아 중앙은행 총재가 경제 장관 회의에서 꺼낸 모라토리엄 선언은 소빈뱅크와 협의를 거쳐 계획적으로 진행한 일이다.

"예, 미국 동부 시간으로 월요일 새벽 3시입니다."

러시아가 폭탄선언을 하고 있을 때 뉴욕 월가는 깊은 잠에 빠져 있었다.

뉴욕의 월가에서는 곰을 무척 싫어한다.

미국 월가에서는 증시 호황을 황소에, 불황을 곰에 비유하기 때문이다.

이빨과 발톱이 다 빠져 버린 것으로 생각했던 러시아의 곰이 누구도 예상치 못한 숨겨둔 발톱을 드러낸 것이다.

"제2의 진주만 폭격이 되겠군. 유럽은 개장했나?"

"외환과 주식시장이 개장하려면 1시간 정도 남았습니다."

모스크바 시간으로 오전 10시에 발표가 이루어졌다. 프랑스 파리는 1시간, 영국 런던은 2시간의 시차가 있다.

"후후! 지금쯤 미국의 투자자들이 고통스러운 새벽을 맞이하겠군."

러시아에 투자한 펀드 투자 관리자들은 유럽에서 걸려오는 요란한 전화벨 소리에 하나둘 잠을 깨고 있었다.

연락을 받은 투자자들과 관리자들은 서둘러 컴퓨터를 켜 사실을 확인했다.

러시아의 모라토리엄을 확인한 투자자들과 자산 운용 책

임자들은 두 손으로 얼굴을 감쌌다.

*　　　*　　　*

러시아의 모라토리엄 선언이 발표되고 루블화가 평가절하되자, 모스크바의 중심 거리에 자리 잡고 있는 상점들마다 물가 폭등을 대비하기 위해서 생필품을 사려는 사람들로 북새통을 이루었다.

루블화의 하락으로 며칠 후면 물가가 치솟고 물건이 바닥을 드러낼 수 있다는 공포 심리가 사람들의 마음을 사로잡은 것이다.

길게 줄이 늘어선 상점들은 몰려드는 사람들을 통제하기가 쉽지 않았다. 상점들은 물건을 파는 도중에도 가격이 오른 새로운 가격표를 적고 있었다.

루블화의 가치 하락으로 인해 대부분의 생필품을 수입하는 러시아는 상품을 더 비싸게 수입할 수밖에 없었다.

이러한 상황은 상점만이 아니었다.

은행과 환전소마다 예금한 돈을 찾거나 환전하려는 사람들이 몰려들었다.

"더는 환전할 수 없습니다. 다른 곳을 이용해 주십시오."

"무슨 소리야! 내가 저금한 돈을 찾으려고 하는 것뿐인데."

스바스은행 관계자의 말에, 외화예금에 든 돈을 찾으려는 사내가 거칠게 항의했다.

만약의 상황에 대비해 루블화 예금이 아닌 달러로 저금한 모스크바 시민이 적지 않았다.

"상부의 지시로 한정된 금액만 인출이 가능합니다. 이미 그 금액이 다 소진되었습니다."

"이런 거지 같은 일이 어디 있어? 내 돈을 달라고!"

은행원의 말에 화가 난 사내가 소리를 지르자 은행 경비원이 다가왔다.

은행에는 소요 사태를 대비해 평소보다 많은 경비원과 경찰까지 출동한 상태였다.

"달러가 아닌 루블화로는 인출이 가능합니다. 그거라도 해드릴까요?"

"내가 언제 루블화를 달라고 했어? 내가 예금한 달러를 달라고!"

사내는 더는 참을 수 없다는 듯이 의자에서 벌떡 일어나며 소리쳤다.

그러자 건장한 체격의 은행 경비원 둘이 사내를 제지하기 위해 양팔을 잡았다.

"이거 놔! 내 돈을 찾으려고 하는 것뿐이야! 내 돈을 내놓으라고!"

사내는 경비원의 제지에 아랑곳하지 않고 은행이 떠나가라는 듯이 고함을 질렀다.

사내의 뒤에서 기다리던 사람들도 은행원의 말에 항의하기 시작했다.

스바스은행뿐만 아니라 러시아의 시중은행들은 빗발치는 시민들의 달러화 인출 요구로 몸살을 앓고 있었다.

러시아 은행 간의 대출마저 중단되었고, 러시아 중앙은행은 더는 은행들에게 달러를 공급하지 않겠다고 공식적으로 선언한 상태였다.

더구나 은행들이 가지고 있는 GKO(단기국채)는 누구도 거들떠보지 않았다.

하지만 소빈뱅크는 이와는 전혀 상반된 모습을 보였다. 예금을 찾으려는 시민들의 발걸음 또한 다른 은행들보다 적었다.

"인출을 원하시면 바로 지급해 드리겠습니다."

"아닙니다. 인출이 가능한지 확인하고 싶어서 온 것입니다. 앞으로도 아무런 문제가 없겠지요?"

"물론입니다. 소빈뱅크 지점이 있는 어느 곳에서도 돈을 인출하실 수 있습니다. 앞으로 외화 통장 개설이 지금보다 까다롭게 진행될 예정이라 돈을 찾지 않으시는 것이 좋을 것입니다."

"잘 알겠습니다. 필요할 때에 다시 오겠습니다."

은행 직원의 설명을 들은 중년의 사내는 만족스러운 표정으로 소빈뱅크을 나섰다.

사내뿐만 아니라 돈을 찾으러 온 대부분의 사람들은 은행 직원의 설명에 돈을 인출하지 않았다.

소빈뱅크의 외화 예금을 든 사람들에게는 금액에 상관없이 언제든지 달러를 내주었다. 하지만 루블화를 달러로 환전하는 것은 러시아 정부의 요청에 따라서 일시 중단했다.

러시아의 1,700여 개에 달하는 은행들 중 유일하게 소빈뱅크만이 외화 예금을 언제든지 지급할 수가 있었다.

이러한 상황이 알려지자 소빈뱅크에 대한 신뢰와 믿음은 더욱더 올라갈 수밖에 없었다.

*　　　*　　　*

모스크바에 있는 도시락마트에도 사람들이 대거 몰려들었다.

생필품과 식량을 사려는 사람들마다 불안한 감정을 숨기

지 않았다.

자신의 차례가 오기 전에 마트의 물건이 떨어지면 어떡할까 하는 마음 때문이었다.

"물품이 떨어지지 않게 바로바로 창고에 연락해."

도시락마트를 책임지고 있는 매니저인 코롤레프가 직원들에게 지시했다.

도시락마트 모스크바 중앙점은 모라토리엄 상황에 대비해 보관 창고에 물건을 충분히 쌓아놓았다.

3주간 마트에서 판매할 수 있는 물품이었고, 모스크바에는 별도로 도식락마트에 제품을 공급하는 물류 창고가 있었다.

이곳에는 한 달간 모스크바에 있는 마트들이 판매할 수 있는 물품들이 보관되어 있었다.

이 모든 것은 러시아가 모라토리엄을 선언할 것을 대비한 일이었다.

"통조림과 휴지는 창고에서 출발했다고 연락을 받았습니다. 도시락 라면들도 곧 도착할 예정입니다."

"좋아, 밀가루와 쌀도 물량을 체크해."

콜로레프가 각 판매 담당 팀장들에게 지시했다.

도시락마트마다 이런 사태를 대비해 직원들을 더 고용

했다.

이와 함께 혹시 모를 소요와 약탈에 대비해 코사크 경비팀과 경찰도 마트 밖에서 질서를 유지하도록 힘쓰고 있었다.

"도시락마트는 역시나 다르네. 다른 상점들은 이미 문을 닫았더라고."

직장을 마치자마자 달려온 사람들은 물건을 사지 못할까봐 걱정했지만, 도시락 마크가 새겨진 트럭들이 끊임없이 물건들을 실어 나르는 모습이 눈에 들어왔다.

"다른 곳은 다 도둑놈들이야. 맥주와 통조림을 어제보다 30%까지 올려 받았어."

어제까지 6.5불 하던 수입 맥주인 하이네켄과 버드와이저가 8불에서 많게는 9불까지 가격이 치솟았다.

"그것뿐이야? 판매할 물건이 분명 있는데도 팔지 않고 문을 닫았다니까. 내일 더 오른 가격으로 팔려는 속셈이겠지."

"도시락은 수입된 제품에 한해서만 최소로 올려 받고 있잖아. 이러니까 러시아 국민에게 사랑을 받을 수밖에 없어."

줄을 서고 있는 시민들은 도시락을 칭찬하기 바빴다.

평소보다 6~7배의 사람들이 몰렸지만 사려고 하는 생필품이나 물품이 전혀 부족하지 않았다.

몰려드는 사람들을 위해 도시락마트는 마감 시간을 2시간 더 연장해 밤 11시에 문을 닫기로 했다.

모스크바뿐만 아니라 도시락마트가 있는 도시마다 동일한 일이 벌어졌지만 필요한 생필품을 구매하지 못하는 사람들은 없었다.

모라토리엄에 대비하여 도시락은 러시아 공장을 확장했고, 도시락마트는 지점 숫자를 꾸준히 늘려왔다.

여기에 부란을 통해 주요 도시마다 물류망을 구축해 놓았기 때문에 물품을 빠르게 공급할 수 있었다.

러시아에 대한 도시락의 시장 지배력이 더욱더 확고해져만 갔다.

*   *   *

프랑크푸르트, 파리, 런던, 일본의 외환시장과 주식시장이 차례대로 열리자마자 러시아에서 발사한 핵미사일의 영향으로 모두 동반 하락했다.

여기에 러시아의 모라토리엄 선언은 러시아 경제와 밀접한 동유럽 국가들과 러시아 최대 채권국인 독일에도 심각한 타격을 줄 전망이다.

독일이 러시아에 빌려준 돈은 7월 말 현재 552억 달러로 러시아의 총 외채 규모 1,380억 달러 중 40%에 이르는 규모다.

이 중 독일의 민간은행들이 빌려준 자금은 305억 달러에 달했다.

이에 따라 러시아가 무너지면 독일 은행들은 거대한 부실 채권을 떠안을 수밖에 없게 돼 마르크화의 약세와 증시 불안으로 이어질 것이 분명했다.

이스트의 금융 세력 주축인 독일이 러시아에 막대한 자금을 쏟아부은 것은 러시아의 석유와 천연가스를 차지하기 위해서였다.

독일로 공급되는 석유는 50%였고 천연가스는 82%를 러시아에서 공급받고 있었다.

이와 함께 구소련에서 분리 독립 한 독립국가연합(CIS) 또한 전체 무역 중 러시아가 차지하는 비중이 75%에 이르렀기 때문에 타격이 심각했다.

더구나 러시아와 밀접한 관계를 맺고 있는 동유럽 국가들도 위기에 휩쓸릴 것이 뻔했다.

지난 주말 모스크바 증시가 폭락하자 동유럽에서 가장 건실하다는 헝가리 부다페스트 증시와 체코 프라하 증시도 동반 하락 했다.

동유럽이 위기에 휩싸일 경우 전체 수출량의 10%를 동유럽에 의존하는 독일 경제에도 주름살을 안길 것이며 이는 자칫 유럽 전체로 확대될 수 있었다.

"어떻게 된 거야?"

미국의 SO펀더멘털 헤지펀드 매니저인 폴슨은 미국 증시 개장 전에 유럽과 아시아의 주식시장과 외환, 그리고 채권시장을 살폈다.

중소 헤지펀드인 SO펀더멘털은 은행에서 돈을 빌려 러시아 국채에 6억 달러를 투자했다.

러시아의 국채의 높은 이자율 때문에 무리수를 둔 것이다.

"유럽과 아시아 모두 폭락 중이야. 빨리 TB(재무부채권)으로 갈아타야 해."

러시아 채권 거래와 가격을 나타내는 그래프는 롤러코스터를 타듯이 곤두박질하고 있었다.

낮은 가격으로 내던져도 거래가 되지 않았다.

러시아의 모라토리엄이 발발하자 선물환 계약도 무용지물이 되어버렸다.

"달러와 TB가 빠르게 오르고 있어."

"빨리 달러를 매수해!"

거래를 시작하자마자 손실을 보게 되면 공포가 생긴다.

러시아 채권 투자의 손실을 만회해야만 했다.

위기는 곧 기회였다.

러시아가 쏘아 올린 핵미사일의 영향에서 어떡하든지 벗어나야만 했다.

SO펀더멘털를 비롯한 상당수의 헤지펀드들은 달러 강세에 베팅을 걸기 시작했다.

경제 위기에서 가장 힘을 발휘하는 것이 안전 자산인 미국의 달러와 TB였다.

모라토리엄이 발표된 이후 러시아 채권을 시작으로 한국과 터키, 그리스, 멕시코, 브라질, 아르헨티나 등 이머징 마켓(신흥시장)의 채권도 함께 폭락했다.

공포와 탐욕이 세계 금융시장에 퍼져 나가기 시작한 것이다.

Chapter 12

　지난해 1997년 7월 태국에서 시작된 금융 위기 태풍이 아시아를 휩쓴 후 마침내 러시아마저 무너뜨렸다.

　러시아의 모라토리엄 선언은 아시아의 위기가 다른 지역의 국가로 처음 확산된 일이었기 때문에, 세계경제 전반에 만만치 않은 파장을 불러일으킬 것이 자명했다.

　모라토리엄 발표 이후 키리엔코 총리는 긴급 기자회견을 통해 환율 변동 폭 확대가 루블화 평가절하를 의미하는 것은 아니라고 주장했다.

　게라셴코 러시아 중앙은행 총재 또한 이번 조치는 러시

아 국민과 국내 생산업자들을 돕기 위한 것으로, 러시아 경제를 위태롭게 했던 외국 투기 자금들이 피해를 볼 것이라며 대국민 설득 작업에 나섰다.

모스크바 증시의 주가지수는 모라토리엄 선언 뒤 외채부담 경감 등에 따른 낙관론이 퍼져 오후 한때 지난 주말보다 2.1%나 반등하는 기현상을 보이기도 했다.

하지만 대다수의 러시아 국민들은 이번 조치로 물가 상승과 임금체불이 늘어날 수 있다는 것에 몹시 불안한 모습이었다.

더구나 이번 조치가 발표된 직후 러시아 금융시장은 공황상태에 빠져들었고, 시중은행들은 시민들의 빗발치는 달러화 인출 요구를 거부하고 있었다.

모라토리엄 선언 이후 552억 달러를 러시아에 돈을 빌려주었던 독일과 71억 달러를 빌려준 프랑스, 그리고 43억 달러의 이탈리아의 금융기관은 긴급회의에 들어갔다.

문제가 되는 것은 러시아에서 타격을 받은 독일과 프랑스 등 유럽의 금융기관들이 아시아에서 자금 회수에 나설 가능성이 커졌다는 것이다.

특히 아시아 위기 등으로 원자재 가격이 하락하는 바람에 경제 불안이 고조되고 있는 브라질과 아르헨티나 등 남미 국가들도 위험지대에 들어오게 되었다.

더 나아가 이 같은 전 세계적 금융 불안은 엔화 약세와 중국 위안화 절하 요인으로 작용할 것이며 한국과 동남아 국가들엔 제2의 외환 위기로 이어질 가능성이 대두하고 있었다.

아시아와 유럽 금융시장은 모라토리엄의 영향을 받아 일제히 동반 하락세를 면치 못했다.

도쿄증시에서 닛케이 평균주가는 은행주와 종합상사들의 주가 폭락으로 한때 올해 최저치를 경신했으나 종가는 329.27엔 내린 14,794.66엔으로 마감됐다.

엔화 가치는 도쿄 시장에서 달러당 1.57엔 떨어진 146.44엔으로 급락한 데 이어 싱가포르와 런던 외환시장에서는 146~147엔대에 거래가 이뤄졌다.

말레이시아 쿠알라룸푸르 증시가 3.6%나 폭락한 데 이어 싱가포르 2.9%, 대만 타이베이 1.4%, 태국 방콕 3.4%, 남아프리카공화국 2.7%, 브라질 4.1%, 뉴질랜드와 호주는 각각 1% 안팎의 하락률을 보였다.

러시아에 대한 최대 채권국인 독일의 프랑크푸르트 증시 역시 17일 오전 2%가량 떨어졌으며 런던과 파리도 약세를 면치 못했다.

아시아와 러시아 경제 위기가 계속되고 있는 가운데 미

국 연방준비제도이사회(FRB)는 당분간 기준 금리를 현 수준인 연 5.5%에서 유지하기로 했다.

금리 고수 결정 소식에 미 뉴욕 증시의 다우지수는 다른 나라들과 달리 큰 폭의 상승세를 보였다. 이날 다우지수는 전날보다 1.63% 오른 8,714.65에 마감됐다.

국제신용평가기관들은 러시아의 국가 신용등급을 일제히 한두 단계씩 하향 조정했다.

"미국은 제외한 대부분 나라의 증시가 폭락했습니다."

모스크바 국제금융센터장인 마트베이의 말이었다.

"미국은 아직 사태의 본질을 제대로 파악하지 못하고 있기 때문이야. 며칠 후면 월가의 주식시장도 아비규환이 될 거야."

"선물환계약을 한 기관투자들도 피해가 나오고 있습니다."

소빈뱅크 은행장인 이고르의 보고였다.

몇몇 기관 투자자들은 러시아가 만에 하나로 루블화를 절하하더라도 현재의 환율로 달러로 전환할 수 있도록 하는 조건의 선물환계약을 체결해 놓았다.

그러나 채권은행들은 모라토리엄 선언으로 지급 불능 상태가 된 계약에 대한 선물환계약을 이행할 수 없다고 나왔다.

투자회사들은 은행의 주장이 모호하다며 항의했지만, 법적 절차를 따지며 돈을 회수하기엔 시간이 없었다.

돈을 빌려준 은행이 움직이기 시작했고 신용을 죄어왔기 때문이다.

"기관 투자자들뿐만 아니지 펀드들도 상상할 수 없는 피해를 봤으니까."

"모라토리엄이 선언된 전날까지도 러시아 국채를 대량으로 사들였습니다."

"러시아가 IMF의 항복 문서에 서명만 남았다는 소리가 시장에 팽배했으니까요."

런던 국제금융센터장인 티토바와 서울 지점 그레고리의 말처럼 IMF와 국제신용평가기관들의 압력으로 인해 러시아가 자국 내 금융시장을 전면 개방할 것이라는 소문이 시장에 퍼졌다.

닫혀 있던 러시아의 빗장이 열리는 순간 국채를 소유한 투자기관과 펀드들은 그에 해당하는 큰 폭의 이익을 볼 수 있었다.

연 50%의 이자를 지급해야 하는 상황에서 러시아 정부가 돈을 지급하지 못하면 그에 해당하는 막대한 자원들을 러시아 국채를 통해서 얻을 수도 있었다.

"후후! 소문의 발상지가 어디인지를 정확히 파악하지 못한 것이 문제겠지. 이젠 탐욕에 따라 움직인 결과가 얼마나 비참한지를 이제 곧 알게 될 거야."

러시아의 국채와 채권을 영원히 떨어지지 않은 꿀단지처럼 포장하게 만든 것이 소빈뱅크였다.

러시아가 발생한 국채에 대한 이자를 지급하지 못하면 금괴와 석유, 그리고 천연가스로 지불할 것이라는 말을 그럴싸하게 포장해서 시장에 흘렸다.

"GKO(단기채권)가 결국 폭탄 돌리기가 되었습니다. 8월에 들어서도 GKO가 100억 달러 이상 거래되었습니다."

러시아 정치가 불안해지고 곪았던 경제가 문제가 곧 터질 것 같은 상황에서도 연 50%의 러시아 국채 수익을 놓치기에는 너무 달콤한 것이었다.

더구나 6개월에서 1년짜리 GKO(단기채권)의 시장이자율이 100~150%에 달했기 때문에 한국을 비롯한 전 세계 투자기관과 은행들이 집중적으로 매수했다.

그러나 지난해 10월 동아시아를 강타한 금융 위기로 인해 러시아 금융시장에 투자했던 외국인들이 대규모로 GKO를 팔아 치우기도 했다.

그러자 러시아 정부는 외국인들의 이탈로 생긴 국내 금융시장을 지탱하고 정부의 자금 조달 계획을 예정대로 집행하기 위해 국내의 대형 상업은행들을 강박하는 GKO를 대량으로 인수케 했다.

이에 따라 상업은행들은 러시아 정부 보증 고율의 GKO를 매입해, 이익을 내기 위해 GKO를 담보로 외국의 금융기관들로부터 저리의 달러를 도입했다.

더구나 자금 조달의 원활화를 위해 60~120% 이자율이었던 GKO가 최근에는 러시아 정부의 방치로 인해 160%나 되는 고이자율로 치솟았다.

이러한 고율의 유통 수익률을 바라보고 다시금 외국 기관 투자자들과 펀드들이 달려들었다.

고위험을 감수하는 투자였지만 226억 달러의 IMF 구제금융, 러시아 정부 관계자와 정치인들은 루블화의 절하가 있을 수 없는 일이라면서 바람을 잡았다.

이것은 러시아가 올해는 충분히 버틸 수 있다는 신호로 보였다.

"한국의 금융기관은 GKO를 얼마나 매입했지?"

"10억 달러 정도입니다."

국내 은행과 투자기관들이 투자한 10억 달러의 GKO를 러시아 은행들이 보유하고 있었다.

"음, 욕심이 화를 불러군. 이제 곧 2차 폭격이 있을 예정이니까, 우리도 만만의 준비를 해야 해."

러시아 정부는 모라토리엄(지불유예)에 따라 동결된 채무 상환의 상세한 구조조정 방안을 오늘 발표한다고 했다.

*　　　*　　　*

러시아에 투자한 전 세계 헤지펀드와 기관 투자자들은 러시아 정부의 발표에 망연자실했다.

8월 17일 모라토리엄 발표에 따라 90일간 정부의 단기채권(GKO)에 대한 원리금(원금과 이자)에 지급을 미룬다고 했다.

그런데 러시아 정부가 채무 상환에 대한 방안을 발표하면서 단기부채의 상환 일정을 90일이 아닌 3~5년간으로 연장한다고 발표한 것이다.

여기에 연 100~160%까지 치솟았던 GKO에 대한 이자율을 앞으로는 연 10~20% 정도의 이자율로 5년 동안 지급한다고 한 것이다.

여기에 셀레즈네프 러시아 국가 두마(하원) 의장이 2개월 이내에 루블화의 추가 평가절하가 있을 수 있다고 경고하자 세계 금융시장은 공황상태로 빠져들었다.

이 발표의 여파는 곧장 나타나기 시작했다.

러시아의 국채 가격은 액면가의 10분의 1의 헐값으로 폭락했고 거래가 거의 이루어지지 않았다.

한국, 남아프리카공화국, 터키, 멕시코, 브라질, 인도 등 신흥 시장의 채권이 다시금 폭락에 폭락을 거듭했고, 이자율이 치솟았다.

발표 이후 러시아의 주식시장은 9.94% 포인트가 하락했고 한국은 다시금 8개월 만에 3백 선이 무너졌다.

아시아와 유럽의 증시 또한 5% 이상 하락하기 시작했다.

러시아 정부 발표에 한 가닥 희망을 걸었던 투자자들은 예상치 못한 결과에 경악을 금치 못했다.

미국과 유럽의 기관 투자자들이 러시아 투자에서 손해를 보았다는 소식에 이어 헤지펀드들도 러시아 국채로 큰 손실을 보았다는 소문이 돌면서 돈을 빌려주었던 은행들이 여신 회수에 나서기 시작했다.

은행들은 서둘러 채무자인 투자회사와 펀드 운영사들에게 마진콜 요구했다.

마진콜(Margin Call)은 선물계약의 예치증거금이나 펀드의 투자 원금에 손실이 발생할 경우 이를 보전하라는 요구이다.

이것은 다시 말해 은행이 채무자에게 빌려 간 돈을 조기에 갚거나 그렇지 않을 경우 담보를 늘리라는 증거금 청구를 말한다.

"2억 달러를 지금 당장 어떻게 갚을 수 있습니까?"

BK펀드를 운영 중인 블랙스톤매니지먼트사에 체이스맨해튼 은행은 마진콜을 요구해 왔다.

"3일 안으로 2억 달러를 지급하든가 아니면 그에 해당하는 담보를 채우십시오."

체이스맨해튼 기업 담당자인 카빌의 말에 CEO를 맡고 있는 해리스는 당황스러운 표정으로 말했다.

"3일 안에 2억 달러를 채우라는 것은 정말 무리입니다."

"그렇게 하지 않으면 우리가 망하게 생겼소. 2억 달러를 채우든가 아니면 파산일 뿐입니다."

체이스맨해튼도 러시아 채권에 투자해 수십억 달러의 손해를 보았다.

"알겠습니다. 그러면 시간을 조금만 더 주십시오. 우리가 가지고 있는 주식을 팔기 위해서는 시간이 필요합니다."

파산이라는 말에 해리스는 고개를 떨굴 수밖에 없었다.

"좋습니다. 이틀을 더 드리지요. 더는 시간을 드릴 수 없습니다. 블랙스톤뿐만 아니라 다른 헤지펀드들에도 자금을 회수해야 하니까요. 이게 무슨 뜻인지 아시겠지요?"

"음, 빨리 움직이겠습니다."

카빌의 말뜻을 해리스는 충분히 이해할 수 있었다.

"서두르는 것이 좋을 것입니다. 우리뿐만 아니라 월가에 있는 거의 모든 은행들이 움직이고 있으니까요."

카빌의 말처럼 월가의 은행들은 헤지펀드와 기관 투자자들에게 빌려준 자금을 앞다투어 회수하고 있었다.

펀드들과 기관 투자자들은 은행의 요구에 맞추기 위해 현금을 확보해야 했다.

러시아 채권은 아예 시장에 매각되지 않았고, 사자는 사람은 사라지고 모두가 팔자는 사람뿐이었다.

사자는 사람이 거의 없는 상황이니 채권이 팔리더라도 말도 안 되는 헐값이었다.

기관 투자자와 헤지펀드들은 할 수 없이 미국 주식과 부동산 등 값나가는 물건을 서둘러 내어놓았다.

이로 인해 군건하게 버티던 미국 증시와 채권시장에 천재지변에 가까운 지각변동이 일어나기 시작했다.

Chapter 13

　최대한 손해를 만회하기 위해 버티던 헤지펀드들은 은행들의 마진콜 요구에 보유하고 있던 주식을 내다 팔기 시작했다.

　세계 증시가 폭락하는 상황에서도 굳건하게 버티던 미국 증시도 대부분의 헤지펀드들이 주식을 대량으로 매도하기 시작하자 연일 폭락세를 이어갔다.

　쾅!

　"겨우 2천만 달러라니⋯⋯."

맥카니펀드 운영자인 잭슨은 머리를 감싼 채 자신의 책상을 내려쳤다. 주가 폭락으로 맥카니펀드가 가지고 있던 주식 평가 금액이 형편없이 떨어졌다.

맥카니펀드 또한 레버리지 투자기법을 이용했다. 이 때문에 은행에서 2억 달러를 빌려 러시아 채권에 투자했다.

모라토리엄이 발발하자 선물환 계약도 무용지물이었다. 돈을 빌렸던 리먼 브라더스에서 마진콜을 요구했다.

하지만 펀드 소유의 유가증권 모두를 시장에 내놓았지만 주식 가격이 폭락으로 빌린 부채에는 턱없이 부족했다.

"다른 방법을 모색해야 해."

"방법이 없어. 지금의 상황에서는 주가가 올라갈 가능성이 없다고… 더 큰 문제는 우리에게 시간이 없다는 거야."

공동 운영자인 케이든의 말에 잭슨은 고개를 저으며 말했다.

"자금을 좀 더 융통해 보자. 지금 이대로 무너질 수는 없잖아."

"지금 월가의 모든 은행들이 돈을 회수하고 있어. 우리에게 자금을 빌려줄 은행이 없다고. 투자자들에게 돌려줘야 할 돈도 1억 달러나 되잖아."

자금을 담당했던 잭슨은 백방으로 자금을 융통하기 위해서 애를 썼다.

하지만 투자은행과 채권은행들마저 러시아 채권에 물려 막심한 피해를 받은 상황이었다.

여기에 현금을 마련하기 위해 월가의 헤지펀드들이 소유 주식을 가차 없이 내던지고 있었다.

오늘도 주식시장이 개장하자마자 전날보다 3%나 빠졌다.

더구나 문제는 미국 증시뿐만 아니라 독일 프랑크푸르트 DAX지수와 영국 FTSE지수, 프랑스 CAC40지수, 일본의 닛케이지수 등 전 세계 주요 증시의 지수들이 동반 하락세를 멈추지 않고 있다는 것이다.

"아! 어떻게 만든 회사인데……."

"후! 모라토리엄 앞에서는 분산투자도 소용없어. 달러와 TB 가격만 솟구치고 있으니까……."

위험을 회피하기 위한 분산투자가 지금 같은 상황에서는 아무 소용이 없었다.

유럽의 채권시장은 물론 전 세계의 주식과 채권시장이 폭락하는 가운데, 미국의 TB(재무부채권)는 하늘 높은 줄 모르고 치솟았고, 이에 연동되어 움직이던 다른 채권 가격은 TB와 상관없이 바닥으로 추락했다.

미국 달러는 미국 재무부 채권과 마찬가지로 전쟁이나 세계 공황 등 천재지변에 가까운 위기가 발생하면 강세로 돌아선다.

이것은 기축통화인 달러를 가지고 있으면 안심할 수 있다는 군중심리가 강해지기 때문이다.

달러화와 미국 재무부 국채는 위험도 0의 투자 대상으로 간주되며 나머지 투자 대상의 위험도는 달러화와 미국 국채를 평가한다.

실례로 현재 우리나라가 발생한 외국환평형기금 채권이 5년 만기의 경우 TB+3.55의 금리 조건이었다고 한 것은 우리 국채가 TB보다 3.55%의 금리를 얹어주어야 할 만큼 위험부담이 있다는 것이다.

*   *   *

금융 공황이라고 말할 정도로 세계 금융시장은 한 치 앞을 내다볼 수 없는 안개에 싸여갔다.

미국의 투자기관이나 헤지펀드들만 러시아의 모라토리엄의 피해자가 아니었다.

일본 최대 증권사인 노무라증권 또한 미국 지주회사와 영국 현지 법인이 보유한 러시아 국채 가격이 급락하면서 3억 7천만 달러의 평가 손실이 났다.

일본 3 대 증권사인 노무라증권 외에도 닛코증권과 다이와증권, 그리고 중대형 9개 증권사가 26억 달러에 달하는 손해를 입었다.

일본의 은행들도 상황은 마찬가지였다. 러시아의 모라토리엄의 여파로 몇 개의 증권사와 은행이 파산할 것이라는 소문이 시장에 퍼지고 있었다.

여기에 스위스 대형은행인 USB, 크레디트스위스(CS) 미국 대형은행인 뱅크아메리카, 퍼스트 보스턴(CSFB)은행, 시티뱅크, JP모건, 리먼 브라더스, 골드만삭스, 모건스탠리, 메릴린치, 롱텀 캐피털 매니지먼트(LTCM), 타이거 펀드, 퀀텀 펀드, 맥기니스 펀드 등 전 세계 금융시장을 쥐락펴락하는 수많은 투자회사와 은행, 그리고 펀드들이 상당한 손해를 보았다.

전 세계에 퍼져 있는 소빈뱅크 국제금융센터의 트레이더들은 시시각각 변화하는 각종 수치와 그래프를 보여주는 모니터에서 눈을 떼지 못했다.

그들은 초고속 전용회선과 슈퍼컴퓨터에 맞먹는 계산 능력을 갖춘 컴퓨터를 통해서 끊임없이 거래를 진행했다.

전 세계의 주식시장이 연일 폭락하고 금융시장이 혼란에 빠지자 소빈뱅크가 선점한 미국 재무부 채권(TB)은 천정부지로 가격이 솟구쳤다.

아시아와 러시아에 이어 중남미권 신흥시장으로 금융 불안이 확산되면서 돈이 미국으로 몰렸기 때문이었다.

이로 인해 미국 재무부 채권 장기물의 가격이 급등하고 금리(시장수익률)는 5.38%로 사상 최저치로 폭락했다.

이 수준은 1977년에 이 채권 종목이 발행되기 시작한 이래 최저 기록이다.

이로 인해 미국 재무부 채권 금리는 하루짜리 은행 간 콜금리 5.5%보다 낮은 수준으로 떨어졌다.

이는 안전자산인 TB를 매수하려는 사람들이 폭발적으로 늘어난 결과였다.

"예상대로 진행되는군."

"이제 슬슬 TB를 던질 시기가 된 것 같습니다."

모스크바 국제금융센터장인 마트베이의 말이었다.

그동안 소빈뱅크는 채권시장에서 러시아 국채를 팔고 미국의 재무부 채권을 꾸준히 사들였었다.

소빈뱅크는 채권 시장의 시장지표채권인 30년 만기 TB 위주로 매입했다.

"음, 그 시점이 온 것 같아. 최고 가격으로 팔아버리고 다음 준비를 해야겠지."

"그럼, 각국의 국제금융센터에 연락을 취하겠습니다."

"좋아. 이제 놈들이 이번 피해를 만회할 방법은 단 하나야. 우리가 계획한 대로 진행해."

"예, 알겠습니다."

마트베이가 신호를 보내기 위해 자기 자리로 향했다.

모스크바 국제금융센터에서 제일 먼저 TB를 시장에 내어놓는 것이 신호였다.

"다들 회장님의 미래를 내다보는 안목에 다시 한번 놀라고 있습니다."

트레이더들의 거래를 함께 바라보는 루슬란 비서실장의 말이었다.

이번 일의 진행에서도 몇몇 소빈뱅크 관계자들이 반대 의견을 냈다.

당연히 그럴 만한 상황이었고 자칫 소빈뱅크가 사라질 수 있는 일이었기 때문이다.

하지만 결과는 계획했던 것보다도 훨씬 더 큰 파장을 만들어냈고 이것은 곧 소빈뱅크의 막대한 이익으로 돌아오는 일이었다.

"나 또한 앞날을 내다보기는 쉽지 않아. 살아 있는 생물처럼 움직이는 금융시장에서는 더더욱 말이야."

"제가 볼 때는 회장께서 국제금융시장을 농락하듯이 움직이고 계십니다. 회장님이 말씀하신 대로 한 치의 오차 없이 모든 일이 일어났으니까요."

"앞으로가 더욱 중요해. 놈들에게 마지막 카운터펀치를 날려야 하니까."

이스트와 웨스트 산하 금융 세력은 러시아의 모라토리엄으로 인해 막대한 손해가 발생했다.

그중에서도 독일과 미국 내 투자기관과 헤지펀드들이 손실이 막대했다.

*　　*　　*

탁!

"287억 달러가 말이나 돼! 어떻게 일주일 만에 287억 달러가 날아갈 수가 있냐고!"

조지 소로스는 치밀어 오르는 분노를 참지 못하는 듯이 회의 탁자를 내려쳤다.

회의에 참석한 퀀텀펀드 운영자들이 고개를 들지 못했다.

"러시아의 모라토리엄은 누구도 예측하지 못한 일이라……."

쾅!

책임 운영자인 로저스의 말에 소로스는 더 크게 탁자를

내려쳤다.

"소빈뱅크는 우리와 반대로 움직였잖아! 놈들은 예측하고 움직인 것이 아니야?"

치밀어 오르는 분노로 인해 소로스의 손이 부들부들 떨렸다.

러시아에서 287억 달러의 손실을 기록한 퀀텀펀드는 이번 사태를 해결하지 못한다면 자칫 파산에 몰릴 수도 있었다.

"놈들은 늘 시장과 반대되는 포지션을 취했습니다. 정상적인 상식으로는 이해할 수 없는 형태의 투자를……."

"닥쳐! 투자자들에게는 과정이 중요하지 않고 결과만이 중요한 거야. 어떤 방법을 쓰든지 간에 이익이 나야 한다고!"

그때였다.

드르륵! 드르륵!

회의 탁자에 올려져 있는 단 한 대의 전화가 울렸다.

전화기가 울리자 소로스는 긴장한 표정으로 수화기를 집어 들었다.

그 모습을 바라보는 퀀텀펀드 관계자들도 긴장하는 표정이었다.

─모든 수단 방법을 동원해서라도 손실을 만회하지 않으

면 너의 목을 몸에서 분리해 개밥으로 던져주지.

수화기 너머로는 싸늘한 목소리가 들려왔다.

딸각!

자신의 말만 전하는 일방적인 전화였다.

하지만 이것이 현실이 되리라는 것을 소로스는 누구보다 잘 알고 있었다.

"후! 주어진 수명대로 살고 싶으면 손실을 만회할 방법을 생각해. 아니면 내일 당장 허드슨강 위로 떠오르게 해줄 테니까."

큰 한숨을 내쉬며 말하는 소로스의 표정이 심상치가 않았다.

그의 경고성 발언이 허언으로 끝나지 않으리라는 것이 느껴졌다.

조지 소로스의 퀀텀펀드뿐만 아니었다.

메리웨더의 롱텀 캐피털 매니지먼트(LTCM)와 줄리언 로버트슨의 타이거 펀드도 러시아 시장에서 680억 달러가 넘어서는 손해를 보았다.

두 헤지펀드에도 한 통의 전화가 걸려왔고, 총책임자인 메리웨더와 로버트슨 또한 공포에 질린 표정으로 바뀌었다.

미국 헤지펀드계를 대표하는 두 사람은 다급히 조지 소로스와 회동했다.

"지금의 손해를 만회할 방법은 단 하나뿐입니다. 가용할 수 있는 모든 자금으로 달러를 사는 것뿐입니다."

타이거 펀드 책임자인 로버트슨의 말이었다.

"달러 강세에 베팅하자는 말입니까?"

LTCM의 메리웨더 회장이 물었다. 그 또한 지금의 경제 상황에서 달러 강세가 계속되리라는 것을 잘 알고 있었다.

"저희가 입수한 정보로는 소빈뱅크가 달러를 매각하고 엔화를 사들인다고 합니다."

"음, 소빈뱅크가 엔화를? 확실한 정보입니까?"

소로스 또한 관심을 보이며 물었다.

"예, 현재 소빈뱅크가 가지고 있던 TB를 내다 팔고 있습니다. 이 자금이 엔화 매입에 흘러들어 가는 것이 분명합니다."

로버트슨은 엔화 가격의 변동을 보여주는 그래프와 거래 내역이 담긴 서류를 내보이며 말했다.

"달러가 아닌 엔화를 사들인다. 놈들이 또 무슨 꿍꿍이를 벌이는지 모르겠습니다."

파산 위기에 몰려 있는 LTCM의 메리웨더는 하루하루가 다급했다.

러시아 모라토리엄에 이어 주식시장의 폭락으로 인해 며칠 동안 9억 달러가 날아갔다.

반전의 기회가 없다면 LTCM은 파산뿐이었다.

"우리가 러시아에서 당한 일을 되돌려주어야 합니다. 소빈뱅크가 엔화를 조용히 매집하고 있다는 것은 놈들이 엔화에 베팅했다는 이야기가 됩니다."

"그 반대로 우리를 끌어들이기 위한 미끼라면 이전처럼 당할 수 있습니다. 지금의 상황에서는 엔화가 약세를 띨 수밖에 없다는 것은 세 살 먹은 어린아이도 알고 있습니다."

로버트슨의 말에 소로스가 말했다.

안전자산인 달러로 돈이 몰렸고, 현재 엔화는 1달러당 148엔까지 치솟았다.

"문제는 그런 시장의 반응을 소빈뱅크가 역행을 하고 있다는 것입니다. 우린 지금 하늘이 준 이 기회를 이용해야 합니다."

"시장의 파이를 키우자는 말입니까?"

"예, 놈들의 장단에 살짝 맞추어야 합니다. 소빈뱅크가 엔화에 건다면 우린 달러에 걸어야지요. 놈들이 가져간 우리의 이익을 다 토해내게 말입니다."

타이거펀드는 러시아에서의 손해를 만회하기 위해서 외

환 선물시장에서 달러 강세에 베팅을 걸었다.

"음, 위기가 곧 기회라."

로버트슨의 말에 소로스의 눈빛이 달라졌다.

"지금 엔화의 가격은 계속 떨어지고 있습니다. 엔 캐리 트레이드를 이용하기에 최적의 상태입니다."

엔 캐리 트레이드는 조달비용이 낮은 엔화를 빌려 수익률이 높은 자산을 매입하는 투자 전략이다.

투자 대상의 수익률이 엔화 차입비용을 빼고도 남을 정도로 높아야 이익을 낼 수 있다.

"달러를 더욱 높이고 엔화를 낮춘다."

"우리가 힘을 합하면 가능한 일입니다."

"하지만 저희가 동원할 수 있는 자금이 소빈뱅크보다 많아야 시장을 움직일 수 있습니다."

"소빈뱅크는 많아야 5~6백억 달러입니다. 놈들도 러시아 채권으로 손실이 발생했습니다."

타이거 펀드의 로버트슨은 소빈뱅크가 흘린 거짓 소문을 믿었다.

"우리에게는 지금 방법이 없습니다. 소빈뱅크를 제물로 삼아야 우리의 손해를 만회할 수 있습니다. 저는 동참하겠습니다."

조지 소로스는 로버트슨의 의견에 따랐다. 메리웨더 회

장 또한 고개를 끄덕였다.

지금 같은 혼란과 폭락장에서 손실을 만회하기 위해서는 제물이 필요했다.

*   *   *

일본의 경제를 총괄하는 대장성을 맡고 있는 마쓰나카 히카루 대장상은 미간의 골이 깊어졌다.

아시아 경제 위기로 인해 일본의 수출이 급속히 줄어들고 부실기업도 빠르게 늘어나는 상황에서 다시금 러시아의 모라토리엄으로 발생한 경제 위기의 공포가 일본을 뒤덮고 있었기 때문이다.

더구나 러시아발 위기에 일본의 은행과 증권사의 피해가 예상보다 심각했다.

"허허! 은행의 투자손실금이 89억 달러라니. 이 자료가 확실한 것입니까?"

러시아발 경제 핵폭탄이 터진 상황에서 일본의 금융기관들의 피해는 미국과 유럽보다 작다고 알려졌었다.

"예, 저희가 연초에 파악한 것 외에 불법적인 투자가 있었습니다. 러시아 국채가 워낙 높은 이자를 부여하는 바람에 정해진 투자금액을 벗어난 것 같습니다."

헛웃음을 토해내는 히카루 대장상의 말에 은행국을 맡고 있는 류타로 국장이 답했다.

"아무리 그래도 이건 너무하지 않습니까? 처음 보고에는 28억 달러라고 했다가 일주일 만에 89억 달러로 늘어나다니요."

"지방은행들이 투자보고서를 허위로 기재하는 바람에 통계에 착오가 생긴 것 같습니다."

오무라 다케시 사무차관이 심각한 표정으로 말했다.

"이걸 누가 책임질 것입니까? 증권사의 손해도 만만치 않다고 했는데, 이것도 기존 보고와는 다른 것입니까?"

히카루 대장성의 눈이 증권국을 담당하는 야스오 국장에게 향했다.

"예, 러시아 국채 가격이 폭락했는데도 장부에는 떨어지지 않은 가격으로 기재하여 손실이 나지 않은 것처럼 포장했습니다."

"음, 분식회계를 했다는 말인데. 그래서 얼마나 더 손실이 난 것입니까?"

"78억 달러입니다."

"뭐요? 그럼, 167억 달러가 손실이 난 것이 아닙니까?"

정치관료 출신인 히카루 대장성은 올 4월에 새롭게 부임

한 인물이다.

"죄송합니다. 조사국의 인물들이 접대와 뇌물을 받고서 은행과 증권사들에게 편의를 봐준 것이 이번 조사에서……."

쾅!

"지금 얼마나 중요한 시기라는 것을 알지 못한단 말입니까? 이걸 국민들에게 어떻게 납득시킬 것입니까? 여긴 모인 모든 사람이 다 옷을 벗어도 해결하지 못하는 일이 아닙니까!"

온건한 성품의 히카루 대장상이 앉아 있는 의자를 내려치면서 큰 소리를 내었다.

"우선은 시장에 풀린 자금을 회수하는 것이 우선일 것 같습니다."

은행국의 류타로 국장이 손수건으로 이마에 흐르는 땀을 닦으며 말했다.

일본 중앙은행과 주요 상업은행들은 경제 위기를 돌파하기 위해 엔화를 대량으로 풀었다.

시장에 자금이 풍부해지자 달러당 엔화 약세가 조성되었고 이를 이용해 기업들은 수출을 늘렸다.

이와는 별도로 헤지펀드와 투기세력이 저금리의 엔캐리 자금을 이용하여 해외 선물투자와 채권투자를 활발하게 진행했다.

그 대표적인 것이 러시아 국채였다.

"류타로 국장의 말처럼 은행들에게 대출을 회수하도록 지시하는 것이 우선일 것 같습니다. 이와 함께 일본 은행에도 장기국채 매입을 축소하라고 전달해야 할 것입니다."

류타로의 말을 다케시 차관이 동조하며 말했다.

일본 내 장기국채 매입의 축소는 엔화를 풀어 수출을 증대하고 내수를 활성화하는 양적 완화 정책의 변화를 말하는 것이었다.

"후! 알아서들 하세요. 만약 이 사태를 해결하지 못하면 모두 옷을 벗을 각오들 하시오. 잘못하면 옷을 벗는 것으로 끝나지 않을 수도 있으니까."

히카루 대장성은 큰 한숨을 내쉬며 말했다.

일본의 경제를 쥐락펴락하는 대장성은 성 중의 성으로, 대장성의 관료는 관료 중의 관료로 불리는 집단이었다.

*   *   *

헤지펀드를 대표하는 타이거펀드와 퀀텀펀드, 그리고 롱텀 캐피털 매니지먼트(LTCM)들은 외환시장에서 엔화를 대거 팔고 달러를 사들였다.

이들의 움직임에 달러는 상승했고 엔화 가격은 떨어졌다.

첫 번째 싸움은 런던 외환시장에서부터 시작되었다.

"148엔입니다."

"8억 달러를 더 풀어."

세계 주요 금융도시에 위치한 소빈뱅크 국제금융센터는 뜨거운 열기로 가득했다.

태국발 외환 위기 때 펼쳐졌던 환율전쟁이 다시금 시작됐기 때문이다.

"145엔!"

10억 달러로 엔화를 매입하자 3엔이 떨어졌다.

"146엔으로 상승!"

그러자 다시금 타이거펀드에서 4백억 엔을 시장에 풀었다.

"3억 달러를 런던에서 매입했습니다."

"145엔!"

달러당 엔화를 가리키는 그래프는 작은 폭을 유지하며 엎치락뒤치락했다.

"1억 5천만 달러를 서울에서 매집 들어갔습니다."

"142엔!"

시장에 나온 4백억 엔이 순식간에 사라지자 142엔으로 내려갔다.

"5백억 엔이 풀렸습니다."

퀀텀펀드에서 5백억 엔을 시장에 내던졌다.

"도쿄에서 3억 달러 매입합니다."

"모스크바에서 2억 달러 추가 매입 들어갑니다."

모스크바를 중심으로 런던, 도쿄, 뉴욕, 서울, 홍콩까지 헤지펀드와의 환율전쟁을 치르고 있었다.

거래되는 금액은 백만 달러 단위가 아니었다. 적게는 수천만 달러에서 수십억 달러로 늘어났다.

"뉴욕에서 420억 엔을 매입했습니다. 140엔으로 하락!"

뉴욕에서 4억 달러로 엔화를 매입하자 굳건하던 140엔대가 흔들렸다.

이에 따른 트레이더들의 손놀림도 빨라졌다.

*   *   *

뉴욕 외환시장이 열리자 최후의 승리를 얻기 위해 소빈 뱅크와 세 헤지펀드의 싸움은 더욱 치열하게 전개되었다.

"139엔으로 올라갔습니다."

"3백억 엔을 더 풀어!"

LTCM의 트레이더들은 다급했다.

자신들이 가지고 있던 주식과 채권들을 팔아 엔화를 매입했고, 다시금 타이거펀드와 퀀텀펀드와 함께 엔화를 팔아 달러를 매입하고 있었다.

외환시장은 소빈뱅크가 파는 달러와 세 곳의 헤지펀드가 시장에 내던지는 엔화의 싸움을 지켜보고 있었다.

소빈뱅크과 세 곳의 헤지펀드가 합세한 싸움이 어느 쪽으로 기우는가에 따라서 각국의 투자기관과 금융세력은 어디에 설지를 가늠하고 있었다.

시장의 흐름과 상식적인 판단에서는 헤지펀드가 사들이는 달러를 매입하는 것이 맞았다.

하지만 지금까지 소빈뱅크가 진행했던 투자가 단 한 번도 실패한 적이 없었다는 것이 각국의 금융세력들이 망설이는 이유였다.

"140엔!"

"138엔!"

140엔대로 떨어지던 엔화가 순식간에 138엔으로 올라섰다.

소빈뱅크 뉴욕 금융센터에서 6억 달러를 풀어 엔화를 사들였기 때문이다.

"타이거는 뭐 하고 있는 거야?"

러시아 채권으로 큰 손해를 본 LTCM의 트레이더는 분통을 터뜨리고 있었다.

러시아의 실패로 투입되는 자금력이 부족해진 LTCM은 이 싸움에 모든 것을 걸고 있었다.

"139엔!"

위로 살짝 그래프가 오르려는 순간.

"137엔!"

타이거펀드에서 2백억 엔을 시장에 던지기가 무섭게 4억 달러가 시장에 들어왔다.

타이거펀드와 퀀텀펀드가 예상했던 소빈뱅크의 자금력은 생각 이상이었다.

"4백억 엔을 더 던져!"

135엔으로 올라가면 시장을 관망하던 투자은행들이 자칫 엔화를 매입할 수도 있었다.

140엔대에서 엔화가 상승하자 소빈뱅크 외에도 몇몇 아시아계 은행이 엔화를 매입하기 시작했다.

"137엔!"

"138엔!"

LTCM에 발맞추어 퀀텀펀드에서 7백억 엔을 시장에 풀자 다시금 엔화가 떨어졌다.

"134엔!"

그것도 잠시 10억 달러가 시장에 들어오자 135엔대가 순식간에 깨졌다.

　"도대체 놈들의 자금력이 얼마나 되는 거야?"

　지금까지 세 곳의 헤지펀드에서 352억 달러를 소진했지만 소빈뱅크는 전혀 흔들림이 없었다.

*　　　*　　　*

　"135엔!"

　뉴욕 금융센터에서 10억 달러를 풀자 타이거펀드에서 다시금 6백억 엔을 던졌다.

　세 펀드는 차례대로 가지고 있던 엔화를 시장에 내던졌다.

　"5억 달러로 매입해."

　시장에 나온 6백억 엔이 사라지자 엔화는 134엔으로 내려갔다.

　"이제 슬슬 일본이 움직일 때가 된 것 같은데."

　FSB(러시아연방안전국)를 통해서 일본의 움직임을 파악했다.

　일본의 대장성 관료와 일본 은행 간부들이 긴밀히 회동했던 내용이 소빈뱅크에 전달되었다.

일본의 은행들과 증권회사들이 러시아에 채권으로 인한 피해가 예상보다 훨씬 심각하다는 정보였다.

20~30억 달러의 손실로 알려졌지만, 현실은 200억 달러에 가까운 금액이었다.

손실이 큰 은행들이 엔화 대출을 해주었던 투자기관과 펀드들로부터 대출 회수에 들어갔다.

"133엔!"

"후후! 대응이 느려지는군."

외환시장에서 엔화의 상승세가 점점 빨라지고 있었다.

*   *   *

"뭐 하는 거냐?"

타이거펀드의 외환거래 책임자인 로버트가 전화기를 붙잡고 소리를 질렀다.

하루 동안 4조 7천억 엔을 시장에 풀었지만, 오히려 엔화의 상승세가 높아졌다. 더구나 시장에서 엔화가 점점 말라가는 느낌이었다.

퀀텀펀드의 대응도 오전과는 다른 반응이었다.

쾅!

최선을 다하고 있다는 퀀텀펀드의 카니먼 수석 매니저의

말에 로버트는 신경질적으로 수화기를 내려놓았다.

"132엔! 이대로라면 130대가 무너질 수 있습니다."

"어떻게든 막아!"

팀장급 트레이더의 말에 로버트가 소리치듯 고함을 질렀다.

지금 타이거펀드 달러 강세와 엔화 약세에 대한 선물에 베팅한 상황이다.

이대로 130엔대가 무너지면 수십억 달러의 손실이 발생한다. 120엔대는 3배의 손실로, 110대가 무너지면 6배의 손실로 타이거펀드의 존립 자체가 위태롭게 된다.

"131엔!"

250억 엔이 시장에 나오자마자 사라졌다. 그리고 오후에 들어서자 달러화를 매각하는 투자기관과 중소펀드들이 많아졌다.

이는 일본 은행들이 대출 회수와 마진콜을 요구한 것이다.

이러한 요구는 엔캐리를 이용한 모든 투자기관과 헤지펀들로 퍼져갔다.

*　　　*　　　*

"128엔! 미국의 펀드들이 달러와 TB를 내다 팔고 있습니다."

"127엔! 홍콩에서 엔화를 매입하고 있습니다."

"7억 달러를 더 풀어!"

"125엔!"

"123엔!"

주거니 받거니 130엔대에서 머물던 엔화의 환율이 빠르게 올라가고 있었다.

일본 은행들이 일제히 대출 회수를 요구하자 놀란 헤지펀드들이 달러 자산을 매각하고 엔화를 매입하기 시작한 것이다.

"120엔대에서 시클을 날려."

시클은 러시아가 가지고 있는 대륙간 탄도미사일인 ICBM의 이름이다.

*   *   *

"다 망하려고 그러는 거야?"

타이거펀드의 운영 책임자인 로버트슨은 고함을 지르며 소리쳤다.

"저희의 예측을 벗어났습니다. 지금까지 471억 달러를 쏟아부었지만, 오히려 엔화가 올라가고 있습니다. 저희도 빨리 태세 전환을 하지 않으면 파산할 수도 있습니다."

수석 트레이더인 맥스는 심각한 표정으로 말했다.

"놈들도 한계에 부닥쳤어. 우리가 더 몰아붙이면 되는 거야."

로버트슨의 느낌상 이제 끝이 보였다.

오늘내일 둘 중 하나가 백기를 들 수밖에 없었다.

"중소 헤지펀드들이 달러 매각에 나섰습니다. 저희도 후지은행에서 마진콜이 들어왔습니다."

"하루만 더 버티면 우리가 승리해."

"120엔대까지 내려온 상황입니다. 저흰 이미 오늘 하루 56억 달러의 손해를 입었습니다. 더는 버틸 수 없습니다."

수석 트레이더인 맥스는 타이거펀드의 자금력에 한계를 느꼈다.

그때였다.

덜컹!

"엔화가 115엔으로 솟구쳤습니다."

회의실에 문이 열리며 외환거래팀장인 헨리가 소리치며 들어왔다.

"뭐? 115엔이라니?"

맥스가 놀라 되물었다.

회의실로 들어올 때까지 124엔이었고, 세 곳의 펀드에서 어떡하든지 125엔대를 지키기로 한 상태였다.

"뭐 하고 있었어?"

로버트슨 또한 놀란 표정으로 소리쳤다.

"100억 달러의 엔화 매입이 일어나자마자 순식간에 5백억 달러로 늘어났습니다."

헨리의 말에 두 사람은 자리를 박차고 밖으로 향했다.

커다란 전광판에 찍힌 엔화의 가격은 112엔이었다.

그리고 몇 분 뒤 110엔대가 힘없이 무너지며 달러당 108엔대로 가파르게 올라섰다.

Chapter 14

   하루 만에 33(24.6%)엔이 폭등하여 달러당 107엔으로 장을 마쳤다.

   외환 거래 역사상 하루 동안 엔화의 상승 폭이 최고를 기록한 날이었다.

   그 누구도 예상치 못한 엔화의 기록적인 폭등에 외환시장은 공포에 사로잡혔다.

   예상을 뛰어넘는 엔화의 폭등으로 인해 거래를 포기하는 외환 트레이더들이 속출했다.

   각국의 외환 투자자들과 금융기관들은 이번 엔화 거래를

통해 적게는 수천만 달러에서 많게는 수백억 달러의 손실이 발생했다.

뉴욕의 외환시장과 선물시장이 끝난 이후 월가의 헤지펀드와 투자은행들이 엔화 폭등으로 인해 막대한 손실이 발생했다는 소문이 급속도로 퍼졌다.

그와는 반대로 이번 엔화 폭등으로 인해서 특정 금융세력은 상상할 수 없는 돈을 벌어들였다는 소문 또한 국제금융시장에 퍼져갔다.

쾅!

퀀텀펀드를 책임지고 있는 조지 소로스는 자신의 앞에 있는 모니터를 집어 던졌다.

"어떻게 일본 은행들이 움직인다는 것을 놈들이 알 수 있었던 거야?"

장 마감을 30분 앞두고 엔화는 미친 듯이 상승했다.

"모르겠습니다. 일본 은행들이 러시아에서 그 정도까지 채권 손실이 발생했는지 전혀 몰랐습니다."

퀀텀펀드의 운영 책임자인 로저스는 허탈한 표정으로 말했다. 그는 마치 혼이 나간 사람처럼 얼굴색이 하얗게 질려 있었다.

"도대체 얼마나 손실이 난 거야?"

"그게… 정확하지는 않지만 대략 1천3백억 달러 정도로 보고 있습니다."

도널드 수석 매니저가 떨리는 음성으로 말했다.

"1천3백억 달러라고?"

소로스는 도널드의 말에 큰 눈을 껌뻑거리며 되물었다. 마치 현 상황을 잘 이해하지 못하는 표정처럼 보였다.

"외환 거래에서는 460억 달러 정도 손해가 났지만, 선물 거래에서 더 큰 손실이 발생했습니다. 이것도 추정치여서 더 늘어날 수도 있습…….."

우당탕!

"아악! 이건 말도 안— 돼!"

도널드 수석 매니저의 말이 끝나기도 전에 소로스는 미친 사람처럼 책상에 있는 물건들을 괴성을 지르며 바닥에 집어 던졌다.

"우린 끝났어……."

펀드 운영 책임자인 로저스도 머리를 감싸며 울먹거렸다.

퀀텀펀드의 운영자금은 430억 달러였다.

하지만 지금 운영자금의 4~5배나 되는 손해가 발생한 것이다.

외환시장은 집단으로 공포에 사로잡혀 달러를 집어 던지

고 엔화를 사들였다.

*   *   *

미국의 월가는 큰 충격에 빠져들었다.

미국 최고의 펀드 중 하나인 타이거펀드를 운영하는 로
버트슨이 자신의 집무실에서 뛰어내려 자살한 것이다.

언론은 타이거펀드의 운영자인 로버트슨의 자살 이유로
제2의 진주만 폭격으로 불리고 있는, 9월 17일에 발생한 엔
화 폭등을 들었다.

타이거펀드는 엔화의 폭등으로 인해서 6백억~1천억 달
러의 손실이 발생했다는 보도가 이어졌다.

이러한 보도는 퀀텀펀드와 타이거펀드뿐만이 아니었다.

달러화 강세와 엔화 약세에 베팅했던 롱텀 캐피털 매니
지먼트(LTCM), 오메가, 맥기니스, 폴슨앤코, 아팔루사펀드
등 미국을 대표하는 펀드들이 엄청난 손실을 기록했다.

이러한 소식이 전해진 다음 날부터 해당 펀드로부터 자
금을 빼려는 환매가 이어졌고, 투자은행들은 헤지펀드에
대해 자금 회수에 들어갔다.

이러한 헤지펀드들의 기록적인 손실이 알려지자 주식시
장 또한 개장하자마자 다우지수가 5.7% 아래로 폭락했고,

시간이 갈수록 폭락세는 멈추지 않자 서킷브레이크가 연속해서 발동했다.

오후장에는 리먼 브라더스와 골드만삭스, 그리고 미국 최대 증권사인 메릴린치도 러시아의 채권과 엔화 상승으로 거액의 손실이 발생했다는 소식이 전해졌다.

그러자 주식시장은 폭락 속에 팔자는 주문만 들어왔고 마지막 서킷브레이크를 끝으로 장이 마감했다.

13.7%의 폭락을 기록한 주식시장은 대공황 이후 최대 폭으로 떨어졌다.

제2의 진주만 폭격으로 인해 막대한 손실을 기록한 헤지펀드와 투자은행들로 인해 미국의 주식시장은 물론 채권시장과 파생금융상품 시장이 대혼돈에 빠져들었다.

"현재까지 파악된 소빈뱅크의 수익은 2,874억 달러에 달하고 있습니다. 다우지수와 나스닥 선물지수에 투자한 금액은 포함하지 않은 금액입니다."

소빈뱅크 은행장인 이고르의 보고였다.

단기간에 소빈뱅크가 벌어들인 금융 수익은 천문학적이었다. 이는 한국의 올해 추정 GDP인 3,740억 달러의 76%에 해당하는 금액이었다.

"정말 놀라운 금액이야. 웨스트 세력에게는 엄청난 타격이 되겠어."

"예, 피해를 보지 않은 펀드들까지도 환매 요구가 빗발치고 있습니다. 이러다가는 미국의 금융시장이 마비될지도 모르겠습니다."

소빈뱅크 뉴욕 지점을 맡고 있는 존 스콜로프가 흥분한 표정으로 말했다.

"이제 드디어 연방준비제도이사회(FRB)가 움직이겠군."

FRB는 전 세계에서 통용되는 모든 달러를 찍어내는 미국 중앙은행의 공식 명칭이다.

한국의 중앙은행인 한국은행과 같은 기관으로 미국 및 세계에서 통용되는 달러의 통화량과 미국 국공채의 금리 및 이에 따른 물가 조절 등의 일을 한다.

미국 경제를 움직이는 원동력은 수출입을 통한 무역보다는 세계 화폐의 기준과 근간이 되는 달러의 통화량과 환율, 미국 국채 및 공채의 금리, 주가와 주식 시세 등에 있었다.

"이번 사태는 헤지펀드와 은행들 자체로는 수습하긴 힘든 상황입니다."

"놈들이 만들어놓은 금융 시스템이 붕괴하지 않으려면 발 빠르게 움직여야겠지. 이번 일로 이스트의 금융세력이 좀 더 타격을 받았어야 했는데, 조금은 아쉬운 감이 들어."

"그래도 독일과 영국, 스위스 투자은행들도 6백억 달러에 달하는 손실이 발생했습니다. 손실을 복구하기 위해서 상당한 자산을 매각해야 할 것입니다."

독일 프랑크푸르트 지점장인 콘스탄틴의 말이었다.

이들 나라의 투자은행들도 엔화의 상승 폭이 하루 만에 24.6%나 폭등할지 그 누구도 예측할 수 없었다.

더구나 헤지펀드와 투자기관들이 유럽 은행들을 통해서 얼마나 자금을 끌어들였는지 아직 파악하지 못했다.

"그래, 적은 금액은 아니지. 우린 첫 번째 싸움에서 큰 승리를 거두었어. 러시아와 한국의 경제를 회복시킬 수 있는 발판이 마련된 것이지."

"놈들은 이번 사태를 수습하기 위해서 우리에게 신경을 쓸 시간이 없을 것입니다."

루슬란 비서실장의 말처럼 수천억 달러가 하루아침에 연기처럼 사라졌다.

이와 연계된 주식과 선물, 그리고 채권 가격의 폭락으로 그 피해액은 상상할 수 없을 정도로 커졌다.

소빈뱅크와 환율전쟁을 했던 헤지펀드는 수천억 달러에 달하는 빚을 끌어들였다.

"우리는 이번 기회를 절대 놓치지 말아야 해. 이번 승리가 최후의 승리로 가기 위해서는 말이야."

3천억 달러에 달하는 수익을 얻었다고 해서 수백 년 동안

전 세계를 양분하여 경제를 지배하고 있는 이스트와 웨스트 세력을 단숨에 괴멸시킬 수는 없었다.

이스트와 웨스트 세력이 이번 금융위기를 수습하는 동안 남북한과 러시아의 경제를 한층 더 끌어올려야만 했다.

그리고 이를 이용하여 아시아의 새로운 경제주체로 떠오르고 있는 중국에 대한 경제 복속을 한층 더 강화할 계획이다.

*　　　*　　　*

연방준비제도이사회(FRB)는 이스트와 웨스트 산하의 국제금융재벌이 운영하는 은행이지만, FRB 의장을 지명하는 권한은 미국 대통령에게 주어져 있다.

그러나 미국 대통령은 공식적인 발표를 하는 대변인에 불과할 뿐이며 사실상 신임 의장은 FRB 내부 이사회를 통해 결정된다.

FRB가 미국 정부에 예속된 공기관 성격의 은행이 아니라 개인 사설 은행이기에 그 경영인을 임의로 바꿀 권한이 없기 때문이다.

FRB를 설립한 금융자본은 겉으로는 미국에서 가장 거대하고 부유한 JP모건이었지만, 그 안을 들여다보면 유럽의 금융재벌들이 70% 이상을 소유하고 있다.

연방준비은행 시스템을 실질적으로 관장하는 곳은 연방준비은행 뉴욕은행이며, 이 은행의 지분을 가지고 있는 곳은 JP모건, 씨티은행, 체이스맨해튼, 독일의 하노버은행이다.

이들 은행 중 씨티은행, JP모건, 체이스맨해튼은 합병을 통해서 뉴욕연방은행 지분을 늘렸다.

하노버은행을 소유하고 있는 로스차일드는 이들 세 곳의 은행들의 지분을 확보하는 것으로서 FRB에 대한 영향력을 확대했다.

"이 데이터가 사실인가?"

미국 뉴욕 연방준비은행 부총재인 피터 피셔가 심각한 표정으로 물었다.

뉴욕 연준(FED)은 다른 11개 지방 연준보다 상위에 있고, 그는 지분 배분에 따라 이스트 세력에서 세운 인물이다.

"예, 소빈뱅크는 지금의 사태를 예측한 것처럼 치밀하게 움직였습니다. 마치 엔화의 폭등을 알고 있었던 것처럼 말입니다."

피셔 총재가 신뢰하는 FED 금융조사관인 메이슨의 말이었다.

뉴욕 연준은 큰 손실이 발생한 헤지펀드들의 재무구조를 조사하기 위한 움직임에 들어갔다. 이 과정에서 소빈뱅크의 움직임이 포착되었다.

"엔화의 움직임을 알고 있었다고 해도 일본 은행들의 돌발적인 움직임까지 예측할 수는 없었을 텐데."

"저도 그렇게 생각했지만, 엔화가 120대로 떨어질 때와 110엔대가 무너질 때를 보시면 소빈뱅크가 시장에서 엔화를 사들인 시기와 일본 은행들이 외환시장에 개입한 시기가 우연으로 보기에는 너무나 절묘합니다. 120엔대의 붕괴는 소빈뱅크와 중소 헤지펀드, 그리고 엔캐리를 차입한 투자은행이 주도했다고 볼 수도 있겠지만, 110엔대는 실질적으로 일본 은행과 아시아 은행들이 주도했습니다."

러시아 국채투자로 큰 손실을 본 일본 은행들과 증권회사들은 서둘러서 자산 회수에 들어갔다.

저금리로 엔화를 빌려준 헤지펀드와 투자은행들에게서 자금을 회수했고, 대출 회수로 인해 헤지펀드와 투자은행은 달러 자산을 팔고 엔화를 사들였다.

여기에 엔화 강세를 예측한 소빈뱅크가 미국 재무부 국채로 벌어들인 달러를 팔고 엔화를 사자 외환시장은 뜨겁게 달아올랐다.

관망하던 아시아와 유럽 투자은행들이 120엔대를 기점

으로 엔화를 사들이기 시작하자 엔화의 상승은 걷잡을 수
없었다.

"이게 사실이라면 러시아의 모라토리엄도 놈들의 작품이
란 말인가?"

"확실치는 않지만 그럴 가능성도 없지 않습니다."

"음, 일개 러시아 은행이 전 세계 금융시장을 가지고 놀
았다. 이건 너무 앞선 생각이 아닐까?"

"소빈뱅크는 러시아의 룩오일NY에 속해 있습니다. 그
룩오일NY의 소유주는 표도르 강이라는 인물입니다. 표도
르 강은 러시아 정부에 막대한 영향력을 행사하는 것으로
알려졌습니다. 표도르 강이 이번 일을 계획한 것일 수
도……."

"나도 알고 있는 인물이야. 하지만 이런 거대한 흐름을
한 인물이 구상하고 계획했다는 것은 믿지 못하겠군. 지금
은 이번 사태에 대한 수습이 우선이야. 킹덤 마스터의 허락
이 떨어졌으니 헤지펀드들의 움직임을 샅샅이 파악해."

"알겠습니다. 콧대 높았던 놈들을 이제야 손아귀에 쥘 수
있겠습니다."

"후후! 이번 일로 로열 마스터의 위치가 달라질 수도 있
게 되었으니까."

헤지펀드는 미국 FED의 통제 밖에서 움직이고 있었다.

웨스트 세력 중 헤지펀드를 움직이는 것은 웨스트의 마스터 중 하나인 로열 마스터였다.

하지만 이번 금융 사태로 인해 1백 년간 굳건하던 웨스트 세력에게도 균열이 생겨나고 있었다.

『변혁1990』 1부 완결

초대형 24시 만화방

신간 100%, 샤워실, 흡연실, 수면실(침대석), 커플석, 세탁기 완비

▪ 광명 광명사거리역점 ▪

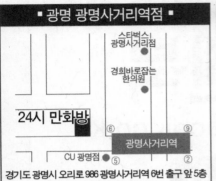

경기도 광명시 오리로 986 광명사거리역 6번 출구 앞 5층
02) 2625-9940 (솔목타워 5층)

▪ 강북 노원역점 ▪

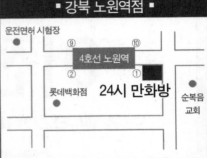

서울 노원구 상계동 340-6 노원역 1번 출구 앞 3층
02) 951-8324 (화용빌딩 3층)

▪ 일산 정발산역점 ▪

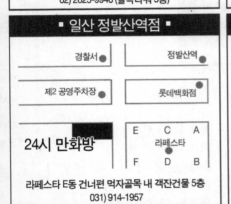

라페스타 E동 건너편 먹자골목 내 객잔건물 5층
031) 914-1957

▪ 일산 화정역점 ▪

경기도 고양시 덕양구 화정동 984번지 서일빌딩 7층
031) 979-4874 (서일사우나 건물 7층)

▪ 부천 역곡역점 ▪

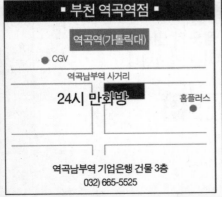

역곡남부역 기업은행 건물 3층
032) 665-5525

▪ 부평역점 ▪

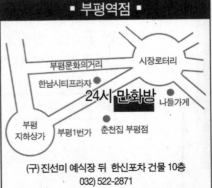

(구) 진선미 예식장 뒤 한신포차 건물 10층
032) 522-2871

FUSION FANTASTIC STORY

묘재 장편소설

7번째 환생

이 모든 것이 신의 장난은 아닐까.

영원한 안식이 아닌,
환생이라는 저주 아닌 저주 속에서 여섯 번째 삶이 끝났다.

"드디어 내 환생이 끝난 건가?"

그런데 뭔가, 지금까지와 다른데?

"멸망의 인도자 치우, 그대에게 신의 경고를 전하겠어요."

최치우, 새로운 7번째 삶이 시작된다!

Book Publishing CHUNGEORAM

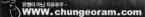

유행이 아닌 자유추구 -
WWW.chungeoram.com